LA STRATÉGIE DE LA SARDINE

DU MÊME AUTEUR

Le Livre de Neige, Gallimard, 2022.
Einstein, le sexe et moi, Alma éditeur, 2018 ; Points, 2019.
Danse d'atomes d'or, Alma éditeur, 2016.

Je viens je ne sais d'où
Je suis je ne sais qui
Je meurs je ne sais quand
Je vais je ne sais où
Je m'étonne d'être aussi joyeux.

Épitaphe de Martinus von Biberach,
citée par Clément Rosset
dans *Loin de moi*

Plus qu'Einstein mais moins que Kasparov

Drôle de cocktail dans ma caboche. C'est un peu comme mélanger le ketchup, la mayonnaise et la sauce samouraï. J'ai vécu des expériences insolites dans ma vie et j'ai souvent l'impression d'être en léger décalage avec les autres. Parfois, dans les ateliers d'écriture que j'anime, je demande aux gens d'essayer de faire leur autoportrait à partir de petits détails de leur personnalité. Alors je vais essayer à mon tour de me présenter.

J'adore faire des listes.

Je suis passionné par la peinture de natures mortes du Siècle d'or espagnol et les ballets de Carolyn Carlson.

J'aime beaucoup les livres, la poésie et les lasagnes.

Je suis extrêmement gourmand.

J'aime bien préparer des croque-monsieur, toujours avec la même marque de jambon blanc, Fleury Michon, et le même fromage, du Leerdammer.

Quand j'étais enfant, dire bonjour à la dame de la boulangerie était très difficile pour moi.

J'aime bien marcher sur un trottoir aux formes géométriques et faire toujours le même nombre de pas entre chaque pavé.

Un jour, j'étais dans un jardin, il y avait du soleil, j'ai remarqué que je pouvais percevoir des dizaines de nuances de vert dans le gazon, j'ai été soudainement très heureux.

Mon paradis imaginaire ressemble à une chambre silencieuse et fraîche, avec des ordinateurs, de la musique de Glenn Gould et du *carrot cake*.

Il m'arrive d'être tellement absorbé par une chose que je perds tout le reste de vue.

Mon attention est attirée par des bruits discrets que les autres ne remarquent pas.

Je suis fasciné par les numéros de plaques d'immatriculation ou d'autres informations de ce genre.

Quand je lis une histoire, j'ai du mal à imaginer à quoi les personnages pourraient ressembler.

Je suis fasciné par les dates.

Je trouve les situations de la vie en société difficiles.

J'ai tendance à remarquer certains détails que les autres ne voient pas.

Je trouve difficile d'inventer des histoires.

J'ai des centres d'intérêt que les autres trouvent originaux, comme la poésie polonaise, la gastronomie sicilienne ou les surnoms des champions cyclistes du XXe siècle.

Je suis contrarié lorsque je ne peux pas m'y consacrer.

Quand je parle, il n'est pas toujours facile pour les autres de placer un mot.

Je suis fasciné par les chiffres.

Je remarque sans cesse des schémas réguliers dans les choses qui m'entourent.

Je préfère aller au musée qu'au théâtre.

Quand je suis dans un lieu empli d'une foule d'inconnus, je panique très facilement et me réfugie immanquablement aux toilettes.

Cela me dérange quand mes habitudes quotidiennes sont perturbées.

Je remarque souvent que je ne sais pas comment entretenir une conversation.

Je trouve qu'il est difficile de lire entre les lignes lorsque quelqu'un me parle.

Je me concentre habituellement sur les détails d'une image plutôt que sur l'ensemble de celle-ci.

Je suis doué pour me souvenir des numéros de téléphone.

Mon plus beau voyage a été New York.

Je peux éprouver des sentiments pour les objets.

J'aime énormément le café au lait.

Je ne sais pas toujours me rendre compte que mon interlocuteur s'ennuie.

Je trouve qu'il est extrêmement difficile de faire plus d'une chose à la fois.

Quand je parle au téléphone, je ne suis pas toujours sûr de savoir quand c'est mon tour de parler.

J'ai parfois du mal à comprendre l'ironie.

Je trouve qu'il est sacrément difficile de décoder ce que les autres pensent ou ressentent en regardant leur visage.

Si je suis interrompu, je peux difficilement revenir à ce que j'étais en train de dire.

Si je suis dans une situation de stress avec un interlocuteur, il peut arriver que j'aie du mal à le regarder dans les yeux.

Les gens me disent que je me répète.

J'aime collectionner des informations sur des catégories de choses.

Je connais tous les vainqueurs du Tour de France depuis Maurice Garin en 1903.

Je trouve qu'il est difficile de s'imaginer dans la peau d'un autre.

Je n'aime pas les événements sociaux où je ne connais personne.

Les nouvelles situations et les lieux que je ne connais pas me rendent anxieux.

J'ai le même âge que le tennisman Novak Djokovic et un an de moins que Rafael Nadal.

Quand je regarde un film où un personnage fait des cupcakes, je passe le reste du film à me demander combien de cupcakes ont été cuisinés.

Je ne supporte pas de porter des jeans trop serrés.

Je n'aime pas être exposé à une source de lumière trop forte et je déteste les néons.

Je ressens la joie, la colère, la tristesse, le désir avec beaucoup de force, mais j'ai beaucoup de mal à les exprimer.

On m'a parfois dit que je réagissais comme Adolf Hitler, ce qui est bizarre parce qu'on a l'impression que les gens qui disent ça connaissent intimement Hitler.

Je suis très doué pour me souvenir des dates de naissance des gens.

J'ai écrit et publié trois romans, le premier aux éditions Alma en 2016, grâce à deux éditeurs et personnes formidables, Jean-Maurice et Catherine.

J'ai remporté cinq fois le jeu télévisé *Questions pour un super champion* et j'ai été pendant des années un champion de quiz. J'ai passé plusieurs journées avec Julien Lepers.

Pour m'endormir, je fais parfois le produit de 247 856 par 91.

Il suffit qu'une personne me prenne dans ses bras pour que je frissonne de tout mon corps et que je songe sérieusement à l'épouser.

Le contact physique avec un autre être humain peut me remplir d'une profonde anxiété, même s'il s'agit d'une personne que je désire.

Le résultat du produit de 247 856 par 91 est 22 554 896. Ce n'est pas sorcier, il suffit de faire 247 856 fois 9. Je commence par les gros chiffres. 1 800 000. 2 160 000. 2 223 000. 2 230 200. 2 230 704. De multiplier par 10 : 22 307 040. Et d'ajouter 247 856 : 22 554 896.

Je me pose sans cesse de grandes questions. D'où viennent les trilobites et les ammonites ? Comment est arrivée la vie sur Terre ? Est-elle née dans les mers primordiales, au sein d'une grande soupe primitive, ou apportée de l'espace par une météorite ?

Je suis quelqu'un de fiable, je suis toujours là pour aider dans les déménagements.

Quand j'avais six ans, dans un stage de tennis, le mono, un beau gosse qui buvait du Gini, s'est trompé dans le comptage de points quand on s'entraînait à faire des volées au filet. Je suis tellement mauvais perdant que je lui en veux encore.

Je vis avec le sentiment que le monde est sacré. Nous les êtres humains, mais aussi les animaux, les plantes, les rochers, les oiseaux et les papillons, les mousses…

Je vis dans une boule de lumière que je ressens au plus profond de mon être et qui m'accompagne partout.

Ne me demandez pas pourquoi, à table, je commence parfois par une mandarine. C'est comme ça.

J'aime dire tout haut ce que je pense.

Enfant, je m'interrogeais beaucoup sur la mort et sur tout un tas de choses. À quoi ça sert de vivre si c'est pour mourir après ? Suis-je sûr que cette couleur est bien du vert ? Qu'est-ce qui fait le parfum dans le parfum de la fleur ? Et la couleur dans la couleur du papillon ? Cette chaise existe devant moi. Mais pourquoi cette chaise existe ?

Je suis perfectionniste.

Je vis toujours dans l'anticipation, j'ai appris ça aux échecs avec mon grand-père Fernando. Quand j'étais gamin, lors de notre première partie, il m'a mis échec et mat d'entrée avec le terrible « coup du berger » ; depuis, j'essaie d'avoir toujours un coup d'avance.

J'ai besoin d'être en action pour me sentir heureux.

Quand j'entre dans une librairie, j'en ressors avec au moins dix livres, même lorsque je suis complètement fauché.

Je suis ému jusqu'aux larmes par la musique classique, par un morceau de piano de Beethoven ou de Satie.

Plantez-moi dans un coin de nature sauvage et je me sens en harmonie avec ce qui m'entoure.

Je suis ému par la beauté, un arbre, un fleuve, un brin d'herbe. Un visage.

Quand j'étais enfant, je mettais quinze tonnes de poivre dans la soupe au cresson, pour le bonheur des sensations fortes.

Un jour, en vacances, j'ai croqué dans un piment entier à pleines dents et je me suis mis à ressembler à une tomate farcie car j'ai surestimé mes forces.

Si le voyant de la télévision ou de la box internet est allumé dans la chambre où je dors, je n'arrive pas à fermer l'œil.

La nuit, j'écoute chanter mon frigo. Je sais avec certitude qu'il fredonne des tubes des années 1980. Récemment je l'ai entendu reprendre *Là-bas* de Jean Jacques Goldman et *T'en va pas* d'Elsa. Je ne peux pas le débrancher, ou le givre qui s'entasse dans le freezer transformerait mon appartement en piscine municipale.

Je ne supporte pas quand l'étiquette d'un pull me gratte, je serais capable de jeter mes fringues à la poubelle et de marcher à poil dans la rue plutôt que de subir une telle torture.

Mes émotions sont des tsunamis qui me dévastent. Sur une échelle de 1 à 10, mes émotions se situent entre 234 et 235. Je suis triste puis je suis heureux puis je suis triste puis je suis heureux, au cours d'une même journée. Je ressemble à la météo bretonne entre la pointe du Van et la pointe du Raz. J'en profite pour vous recommander le kouign-amann, c'est le meilleur médicament naturel que je connaisse. Pur beurre.

J'ai le défaut d'être impatient : une fois que j'ai pris une décision, je veux que ça aille vite, pour obtenir le résultat.

Quitte à passer pour une personne naïve, je suis convaincu que nous vivons dans une période formidable.

Je m'efforce de ne jamais désespérer.

« Essayer d'être un peu meilleur chaque jour » pourrait être mon mantra.

Je suis un gros bosseur, avec une énorme capacité de concentration. Je suis capable de travailler pour deux, trois, quatre, si on me le demande.

Je suis obsédé par les records, comme le nombre de jongles avec un ballon de foot. Mon record personnel est de 2 456. Je suis encore loin de celui de Dan Magness, qui est de 208 333 jongles réalisées en 2009.

Je capte les émotions des autres comme une éponge.

J'aime apprendre des choses qui n'ont pas beaucoup d'utilité au quotidien.

Je sais que Charles Martel est le père de Pépin le Bref et le grand-père de Charlemagne.

J'aime comprendre le fonctionnement des choses. Je suis curieux de tout. Je peux m'intéresser facilement à des choses érudites, comme les différentes familles de plantes ou l'étymologie du mot « fuchsia ». Pour les curieux et les curieuses, le fuchsia est d'abord une plante, qui a été nommée en 1703 par le botaniste Charles Plumier en mémoire de Leonhart Fuchs, botaniste allemand, titulaire de la chaire de médecine à l'université de Tübingen. Et c'est aussi ma couleur préférée !

Je me passionne pour la gastronomie écossaise. Je peux vous parler du *haggis*, de la soupe *cock-a-leekie*, de la grouse et du *cranachan*, des scones et du *tatties and herring*.

Je n'arrive pas à trouver le bouton OFF de mon cerveau, qui va à 100 000 à l'heure.

Je serais capable de me noyer dans une goutte, une molécule d'eau.

J'ai toujours envie d'être le meilleur dans un domaine. Je suis recordman du monde du Démineur (0,97 seconde pour une grille de 10 x 10, qui dit mieux ?).

J'ignore le nom de beaucoup de stars mais je peux citer le nom des géographes de l'Antiquité, comme Strabon ou Pausanias.

Je crois que l'existence est une suite d'expériences qui forment un puzzle.

J'aime passionnément une chanson cubaine qui dit : « La vie est une école ». Oui, chaque épreuve nous apprend quelque chose, nous enrichit d'émotions inconnues et de sensations nouvelles qui deviendront, plus tard, le premier mot d'un amour ou d'un poème.

J'ai beaucoup d'idées à la minute. Mon grand drame est de ne pouvoir en mener à bien qu'un certain nombre.

Je suis l'inventeur de l'épistémab, système de pensée inspiré du concept d'épistémé du philosophe Michel Foucault et qui permet de manger un kebab sans culpabiliser.

J'ai conçu le projet d'une application pour smartphone, similaire aux applis qui comptent nos pas ou mesurent notre rythme cardiaque, pour totaliser le nombre d'idées que nous avons dans la journée.

Il m'arrive de suivre plusieurs conversations en parallèle ou d'effectuer plusieurs choses à la fois. On croit parfois que je n'écoute pas… mais si !

Parfois j'ai un langage imagé qui surprend, comme si mes mots étaient des arcs-en-ciel qui chevauchent des licornes, ou des girafes en feu, ou des papillons de toutes les couleurs. En réalité, c'est pour mieux me faire comprendre, parce que j'ai l'impression que les mots ordinaires ne suffisent pas toujours à restituer mes émotions.

On me dit souvent : « Mais comment tu fais pour te rappeler ce genre de détails ? » Mais je ne le fais pas exprès.

Je passe ma vie à faire des digressions. Posez-moi une question… et je répondrai d'abord à une autre, parce que plein de liens se créent dans ma tête. Certains spécialistes appellent ça la pensée en arborescence, moi j'appelle ça le bordel joyeux.

Je m'efforce de traiter l'information au fur et à mesure pour ne pas être débordé.

On me dit : « Tu es un touche-à-tout ! »

J'adore le mot « polymathe », qui signifie le fait d'avoir des connaissances dans plein de domaines.

J'aime la méditation. Faire une pause, cinq minutes. Me promener. Le simple fait de regarder les brins d'herbe ou un morceau de ciel me remplit d'une joie immense, comme si je contemplais le livre de la nature ou de Dieu.

J'éprouve une grande difficulté à faire quelque chose si je n'en comprends pas l'utilité. J'ai été traumatisé par la confection de mon pot à crayons à l'école primaire. Mes crayons, pourquoi les mettre dans un pot ? Mieux vaut les utiliser pour dessiner !

J'aime apprendre en permanence. Je suis fasciné par les espèces d'animaux rares ou disparues : l'ornithorynque, le cheval de Przewalski, le dodo, la rhytine de Steller, le thylacine, l'hippotrague bleu et le cerf de Schomburgk, le couagga et le dauphin de Chine, le loup des Falkland ou la perruche de paradis.

Je passe souvent du coq à l'âne, et même de l'âne à la carotte, de la carotte au cerfeuil, du cerfeuil au serre-tête, du serre-tête au diadème, et je finis par penser à Lady Di. Pont de l'Alma ! Et c'est ainsi que mon cerveau joue en permanence à « Trois Petits Chats ».

Je préfère parfois abandonner, ou ne pas commencer une tâche, plutôt qu'accepter l'idée que je pourrais ne jamais la réaliser parfaitement. Être heureux dans ces conditions n'est pas facile.

Sans méchanceté, les gens me trouvent parfois bizarre ou anormal. J'ai toujours vécu en société avec une impression de décalage.

Je ne suis pas dans le même timing que les autres. J'ai sauté deux classes avant le CE1, puis j'ai aussitôt redoublé le CE1, pour « attendre les autres ».

Je mets l'amitié au-dessus de tout.

Je prends le temps d'observer les gens avant de m'engager dans un groupe que je ne connais pas, de peur de m'ennuyer et de me sentir prisonnier.

Durant un week-end entre amis, je peux m'isoler quelques heures dans ma chambre pour recharger les batteries. Quand je reviens, je suis partant pour une compétition endiablée de Molkki ou la préparation de la tartiflette.

Je pense souvent des autres : « Pète un coup ! »

J'aime voir mes amis en petit comité, je trouve cela plus intime et chaleureux.

J'ai du mal à déléguer. Le jour où j'ai compris que l'on pouvait avancer en s'appuyant sur les autres plutôt que de vouloir tout faire seul, cela a été un déclic.

J'ai été enseignant d'espagnol dans un lycée et j'ai fait un *burn-out* au bout de trois jours.

J'ai été ponctuellement acteur ou comédien. J'ai été figurant dans le film *Les Tuche 2*, j'ai joué dans un court-métrage de cannibales réalisé par un étudiant roux et barbu de dernière année d'école de cinéma où je me faisais dévorer le cœur par un gourou, et j'ai incarné une belette en robe à fleurs dans un spectacle de danse contemporaine. Ma carrière s'arrête là.

Au sein d'un groupe, j'ai besoin de me sentir pleinement en confiance pour m'exprimer.

Quelque chose que j'apprécie par-dessus tout est l'authenticité de la personne face à moi.

J'ai parfois du mal à être respectueux de la hiérarchie, quand je la trouve injuste ou arbitraire.

Je suis de signe astrologique bélier et, comme tout bon bélier qui se respecte, je suis extrêmement têtu.

Voilà.

Je me suis toujours senti un peu différent. J'ai un QI de 162. C'est un peu mieux qu'Albert Einstein, 160, et beaucoup moins bien que Garry Kasparov, 190. J'ai également été diagnostiqué porteur d'un syndrome d'Asperger, une forme d'autisme, à trente ans. Je me sens aussi, pleinement et jusqu'au bout des ongles, hypersensible. Par-dessus le marché, je ne crois pas aux étiquettes pour définir les gens. D'ailleurs, toute mon histoire ne parle que de ça, d'une identité marquée par le sentiment de la différence, au carrefour de plusieurs étiquettes : HPI, autiste, mais aussi mes origines sociales, l'activité professionnelle, le genre, l'orientation affective et sexuelle, les diagnostics posés. Suis-je réductible pour autant à des identités délimitées ? Non, chaque personne est un spectre de couleurs changeantes, à l'image de nos émotions et de notre vécu… En écrivant, j'ai voulu que fond et forme se répondent, avec un texte fait de plein de petites touches de couleurs, pour questionner la pertinence et la limite de ces étiquettes.

Je me sens à la frontière de tout, à l'intersection de tout, y compris dans mon travail d'auteur, à la croisée des genres littéraires, de la fiction, de l'autofiction et de la réalité. Ce que j'écris habituellement est empreint de mon expérience, mais j'élabore ce vécu de manière littéraire et romanesque.

Ce livre propose un contrechamp à mon œuvre littéraire.

Je me suis livré en profondeur et avec une complète sincérité. Un développement non pas à partir de moi, mais plutôt vers l'intérieur, un cheminement vers soi, une quête personnelle et intime, un témoignage au plus près de ce que je suis.

C'est une confession, une forme d'exercice préparatoire à tous mes autres livres, les précédents aussi bien que les suivants, comme une étude en musique ou une esquisse en peinture.

Il est vrai que j'ai le sentiment de peindre sans cesse le même motif, la même anatomie intérieure… Mais c'est que j'écris avec les couleurs de mon cœur et de mon âme.

J'ai travaillé à m'esquisser moi-même.

Ce livre parle de différence, de souffrance, et d'un chemin vers l'acceptation de soi. Je suis convaincu que ces expériences et ces combats peuvent nous concerner tous.

Le Leclerc de Dammarie-les-Lys

J'ai sept ans. J'adore accompagner mon père dans sa Citroën ZX gris acier, immatriculée 478 ABJ 77, le samedi matin, au Leclerc de Dammarie-les-Lys, en Seine-et-Marne. Prendre la route pour aller au supermarché, c'est un voyage extraordinaire et un rituel précis. Une des rares occasions où je sors de mon petit village.

La perspective d'arpenter les kilomètres de rayonnages me met en joie. Mon père conduit à fond les manettes en écoutant les Cranberries.

— Zombie… Zombie…

Je ne connais pas un mot d'anglais. Alors je chante *Zombie* en yaourt :

— Ça hop bêêêêê ! Ça hop bêêêêê !

Il faut d'abord trouver une place sur l'immense parking. J'adore assister à la manœuvre périlleuse pour se garer. C'est moi qui vais chercher le caddie, avec un jeton spécial que mon père me confie et qui est une vraie baguette magique. Je fais mille acrobaties avec le caddie, puis je monte dedans pour me faire pousser comme un enfant gâté, trônant entre le papier toilette Lotus et les paquets de chips à l'ancienne.

À la fin des courses, on déambule dans la galerie commerciale. Et je me sens tellement heureux, soudain, tellement en harmonie avec le monde, tellement vivant, que je me dirige vers chacun des clients que nous croisons, leur attrapant la main avec émotion pour la serrer avec enthousiasme :

— Bonjour Monsieur ! Bonne journée, Madame !

Mon père m'arrête immédiatement, gêné. Moi, je saisis mon erreur en même temps qu'une immense tristesse m'envahit. J'ai sept ans et j'ai un amour fou pour l'humanité. Mais je découvre la vraie vie, tout simplement, et ses codes.

Je suis « trop ». Trop joyeux. Trop enthousiaste. Trop vivant ? Ce sentiment d'être « trop » m'a poursuivi toute ma vie, sous d'autres formes. Alors, trop… selon la norme, c'est vrai. À force de thérapies, d'expérience, d'amour de soi, j'ai appris à m'accepter davantage. D'ailleurs, je ne dis plus jamais « trop », je préfère dire… très ! Très joyeux. Très enthousiaste. Très vivant. Très sensible. Très tendre. Très fragile. Très vulnérable. Très émotif. Très têtu parfois… Très différent ?

L'art de la joie

Sur la photo, je suis dans les bras de ma mère et je viens de faire mes premiers pas. C'est mon père qui est derrière l'objectif. Il y a dans nos regards une telle lumière, une telle joie. Est-ce donc ça, le pays de l'enfance, cette lumière originelle ? Je n'ai pas encore un an. Je viens de hasarder mes premiers pas dans la chambre de mes parents. Je me suis élancé et je viens de découvrir comment me déplacer. Ce pouvoir d'exploration surpasse la peur des cabosses ! Élan. Mouvement. Et là, j'y suis parvenu, jusqu'à atteindre l'objet convoité posé sur la petite table. Un petit jouet jaune en plastique. Je jubile. Entouré par les bras de ma mère, je me sens en sécurité. Mon visage rayonne d'une lumière incroyable. Combien de fois dans une vie nous est-il donné de sourire ainsi ? J'ai confiance en l'aventure de l'existence. Les mots, le langage, ce n'est pas encore de mon âge. Mais la félicité se passe des mots.

Très tôt, j'ai été un enfant « différent » et joyeux, passionnément amoureux de la vie. Je suis né de bonne humeur à 5 h 25 dans une clinique de Melun, en Seine-et-Marne. Sur la fiche établie par la maternité, on lit cette phrase : « Ne me touchez pas, je suis petit et sensible », suivie du mot « Sein », pour préciser le mode d'allaitement. Allaité sans OGM. Pas étonnant, avec une maman qui a été une écolo de la première heure… Elle a voté pour René Dumont, le premier candidat écologiste, en 1974 ! Sur le papier de la maternité, le numéro de chambre a été rayé et modifié plusieurs fois : 17, 136, 89, 177, 77… Ma naissance, c'est le tirage de l'EuroMillions. Je n'ai rien fait comme tout le monde depuis le départ. Avec tous ces changements de chambre et ces déménagements précoces, y a-t-il une chance pour que j'aie été confondu avec d'autres bébés à la maternité, comme dans les films ? Mon père et ma mère sont-ils mes parents biologiques ? Suis-je l'un des enfants cachés d'Albert de Monaco ? Tout reste à élucider. Je finis avec mes mensurations de bébé. Poids : 3 400 g. Taille : 51 cm. Et un dernier slogan publicitaire sur la fiche de la maternité : « Seules sont autorisées les caresses de ma Maman, de mon Papa… et de Méta Titane, produits de toilette doux. » Bien joué, Méta Titane.

Je grandis dans un petit village de banlieue, avec mes parents et mon grand frère. À mon propos, ma mère utilise un mot. Elle dit que je suis « doué ».

J'ai seulement quelques mois, et ma mère m'achète deux petits puzzles de 16 pièces. Ils sont découpés exactement de la même façon. Seule l'illustration est différente. Sur le premier, un lapin. Sur le second, un paysage. Je reconstitue le premier puzzle en tâtonnant. Elle me donne alors le second. À sa grande surprise, je le termine en un clin d'œil, sans regarder l'image. J'ai simplement enregistré la forme géométrique des pièces.

Cette intelligence abstraite me permet de faire rapidement des puzzles plus grands. Je me souviens de certains de 500 pièces représentant des personnages Disney du *Livre de la jungle* ou de *Robin des bois*, puis de 5 000 pièces figurant les somptueuses chutes d'Iguaçu au milieu de la forêt tropicale.

Je suis aidé par une mémoire très développée. Je retiens tout. Ma soif d'apprendre de nouvelles choses est insatiable. Grâce à une petite frise dans la chambre de mes parents, j'apprends les périodes géologiques de l'ère primaire (Cambrien, Ordovicien, Silurien, Dévonien, Carbonifère, Permien) et de l'ère secondaire (Trias, Jurassique, Crétacé…). Je n'ai pas vraiment conscience que ce ne sont pas des choses de mon âge, je prends du plaisir et c'est tout. J'apprends les rois et des reines de France, le nom des arbres et la forme de leurs feuilles. J'ai un amour inconditionnel pour les animaux et je raffole de l'émission *Animalia* présentée par Allain Bougrain-Dubourg.

Un jour, avec mes parents, sur une aire d'autoroute pendant les grandes vacances, je reçois un petit atlas bleu qui est offert en cadeau par la station-service Elf. C'est une illumination ! Je commence à apprendre avec frénésie le nom de tous les pays du monde, au grand étonnement de mes parents. Je mémorise la densité de population au kilomètre carré pour chaque pays. Singapour, Monaco, Malte, Hong Kong, le Vatican ont les plus hautes densités dans le monde. La Namibie, le Groenland, l'Islande ou l'Australie ont les plus faibles. J'apprends qu'en Mongolie, la densité de population est de 1,5 habitant au kilomètre carré. Ce pays me fait rêver avec ses grands espaces… Je n'ai plus cet atlas aujourd'hui mais je me suis amusé à regarder le classement en 2023 et il n'a pas beaucoup changé ! Monaco est en tête, avec 26 105 habitants au kilomètre carré. Devant Macao, 21 151. Puis Singapour, 8 274. En dernier vient la Mongolie, 2. Les Malouines, 0,2. Et le Groenland, 0,1. Le Groenland aussi m'a toujours fait rêver, j'ai eu la chance de le survoler en avion, beaucoup plus tard, lors d'un trajet que j'ai fait à l'adolescence pour rendre visite à mon oncle à Tahiti. Magie de ces paysages blancs, déployés à l'infini…

Avec cet atlas, une vocation précoce de géographe naît ; je développe une lubie bizarre et je commence à me passionner pour la vexillologie. Ce mot compliqué désigne l'étude des drapeaux. J'étudie les drapeaux de toutes les nations du monde. Je connais le drapeau de l'Islande, du Bhoutan, du Togo, du Bénin, de l'Uruguay, des Palaos, de la Colombie, de l'Australie, du Danemark, du Japon, du Nicaragua… Dans ma chambre, sur de grandes feuilles A4, je dessine au pastel les drapeaux de tous les pays. « Pourquoi cette passion pour les étendards, toi qui aimes les mots ? » m'a demandé un jour une lectrice. On pourrait imaginer que ceux qui s'intéressent aux drapeaux ont nécessairement un certain âge, et un esprit extrêmement militaire. Pas du tout, j'étais plus pacifiste, en ce qui me concernait ! J'aimais la science et la poésie de ces drapeaux, leurs couleurs et leurs formes parfois drôles. De même qu'un ornithologue apprécie les oiseaux, mais d'une manière différente du chasseur, j'apprécie les drapeaux sans avoir de passion pour la guerre. À l'instar de l'héraldique, de l'histoire de l'art ou de toute autre anthropologie des images, comprendre les drapeaux me fait du bien. Sans patriotisme. Plutôt avec un intérêt cosmopolite pour tous ces pays étrangers que je ne connais pas encore.

Ce qui est intéressant (je ne sais pas pourquoi), c'est que la passion pour les drapeaux est un trait commun chez beaucoup d'enfants. On le retrouve par exemple dans le personnage de Sheldon Cooper dans la série *Big Bang Theory*. Ce qui me touche, enfant, est le mélange entre l'histoire de chaque drapeau et leur beauté picturale et visuelle ; la simplicité de ces formes abstraites m'enchante. Comme l'explique l'essayiste Michel Pastoureau, les drapeaux font partie de l'histoire symbolique de la société occidentale. Je ne sais pas si connaître les drapeaux est absolument indispensable pour comprendre le monde qui nous entoure. Mais pour moi, comme pour tous les enfants d'ailleurs (et en particulier les enfants neuroatypiques), il y avait quelque chose de rassurant à étudier un répertoire fermé et fini d'images. Un catalogue cohérent. Une sorte d'album Panini du réel. Apprendre des listes fermées de choses, s'intéresser à un domaine bien circonscrit et que l'on peut maîtriser est un fonctionnement que j'ai beaucoup reproduit dans ma vie. Chez les personnes présentant des troubles autistiques, cela peut prendre l'aspect d'intérêts spécifiques. Je préfère parler de passions, dévorantes et étranges, pour insister sur l'émotion qui accompagne généralement l'exploration de ces centres d'intérêt. Ces passions obsédantes et parfois loufoques (est-ce qu'on est nombreux à connaître les surnoms des champions cyclistes, le nom latin des mousses ou la filmographie complète de Wim Wenders sur le bout des doigts ?) m'ont accompagné tout au long de ma vie.

Je suis donc un enfant précoce intellectuellement, avec de grandes facilités en calcul mental. Mes parents étant profs de maths, ma précocité est liée doublement au bénéfice de traits génétiques et aux conditions socioculturelles favorables de mon enfance, avec une éducation privilégiée, qui me fait apprendre très vite et être performant en calcul. Dès ma petite enfance, je m'amuse comme un fou à jouer au « Compte est bon », le jeu de l'émission *Des chiffres et des lettres*. Je fais de tête les opérations les plus compliquées. Rien ne peut m'arrêter. Je connais les multiples de 75 comme ma poche. Je suis le Michael Schumacher du calcul mental.

À l'école primaire, je comprends vite que je suis en décalage à cause de mon fonctionnement intellectuel. En CE1, la maîtresse me demande un jour de rédiger à sa place l'interrogation sur les tables de multiplication. Je prends ma tâche au sérieux et me creuse la tête. J'ai vu des camarades, les bons élèves de la classe, qui révisaient à la récré la table de 9, avec les opérations les plus difficiles :

— 9 fois 9 ?

— 81…

— 9 fois 8 ?

— 72.

Alors je leur tends des pièges. Je vais chercher la table de huit, qu'ils n'ont pas révisée… ou même la table de sept. De retour en classe, la maîtresse, Mme Boucher (c'est son vrai nom), lit les questions que j'ai préparées :

— 8 fois 7 ?

Je vois les visages se crisper.

— 6 fois 8 ?

L'interro est une hécatombe. Toute la classe me déteste. Au lieu d'être de leur côté, je suis du côté des profs.

Cette avance est un problème. Dès l'école primaire, je parviens sans aucune difficulté à faire les exercices des manuels de collège de ma mère. J'apprends les théorèmes de Thalès et de Pythagore, les médianes et les médiatrices. Je sais noter les droites et les segments. Droite (AB)… Segment [CD]. Plus compliqué… une demi-droite ? Parenthèse côté droit, crochet côté segment. Demi-droite (EF].

Ma mère relit mes exercices et me félicite :

— Qu'est-ce que tu es doué !

À mon entrée au collège, je passe même le Kangourou de mathématiques, un concours national dont je serai lauréat. La veille de l'événement, mon père me fait réviser sur la table de la cuisine. Il me présente les grands concepts qu'il enseigne en classes préparatoires, après le baccalauréat. J'écoute mon père, pour qu'il soit fier de moi :

— Tu vois, Olivier… Imagine des éléments de probabilité fondamentaux. Soit six boules, avec une série de cinq tirages. Tu vas voir, c'est simple…

J'intègre les concepts qui s'égrènent. Théorie des ensembles. Nombres irrationnels. Bijection d'un ensemble X vers un ensemble Y. Notion de limites… Je suis un enfant et j'ai un niveau universitaire en mathématiques.

— Il y a aussi quelque chose qui va beaucoup t'amuser, c'est le concept de la tribu des Boréliens !

La tribu des Boréliens, quelle invention…

Le jour du concours Kangourou, j'ai une trouille de malade quand j'entre dans les combles du collège. On dirait une devinette Carambar : « Quel est le comble pour un enfant qui passe un concours au dernier étage d'un bâtiment ? » Avoir peur des combles ! Toutes les questions sont faciles. Je les enchaîne à la vitesse de l'éclair. Puis c'est la catastrophe : je sèche sur une question que je n'ai pas abordée avec mon père, et qui est particulièrement difficile. Horreur. Une boule d'angoisse me laboure le ventre. Je pense : « Que vont dire mes parents ? Est-ce qu'ils vont encore m'aimer ? Suis-je digne d'eux ? » Je me sens comme un imbécile incapable de réussir quoi que ce soit. Indigne de la confiance de mes parents. Je m'acharne, mais rien à faire. Le temps est fini. Je laisse en blanc la dernière question et sors en pleurant. Quelques jours plus tard, je suis tout de même classé septième au niveau national. Je reçois en cadeau une règle graduée, un logiciel de géométrie et un tee-shirt Kangourou… Mais le mal est fait. J'ai échoué. Septième, c'est nul, j'aurais voulu être premier !

L'école

À l'école, je suis le premier de la classe et je m'ennuie comme un rat mort. J'ai sauté deux classes, la grande section de maternelle et le CP, car je sais déjà lire et écrire. On dit de moi : « Olivier est très en avance. » En avance ? Quelle drôle d'expression pour signifier l'ennui et le sentiment d'être un ovni. Et puis, mes parents me manquent. J'ai beau savoir lire et écrire, je suis encore un bébé. Moi, j'aimerais rester avec ma mère, être sur ses genoux et manger de la banane écrasée.

Le premier jour du CE1, je lève la main pour appeler la maîtresse :

— Maman ?

Tout le monde rit. La honte. Je rougis comme une pivoine. Ajoutant à ma solitude et mon manque absolu de confiance en moi, la maîtresse me laisse lire au fond de la classe pendant que les autres travaillent. Je me plonge dans *J'aime lire* pour découvrir les aventures de Tom-Tom et Nana. À part ça, on ne fait pas grand-chose, à part des pots à crayons (!) et des formations sur le traitement des déchets par la municipalité. J'écris un poème pour les cent ans de Mme Verdurin, la première centenaire du village. Mouais. Pas convaincu par l'intérêt du CE1.

De temps en temps, la maîtresse me demande d'aller au tableau. Je me mets sur la pointe des pieds et je n'écris pas droit.

— Attention, tu montes au grenier ! m'avertit la maîtresse. Tu descends à la cave !

Je finis par redoubler mon année de CE1. Pour ne pas être trop en avance, disent les adultes. Tout cela n'a pas de sens ! Il faudrait savoir ! Je dois être en avance ou pas ? C'est parti pour une deuxième année de CE1. Franchement, je ne sais pas combien d'années de CE1 je vais devoir faire. Dix ? Quinze ? Trente CE1 ? Ils vont mettre combien de temps, les autres, pour me rattraper ?

Heureusement, à l'école, il y a le sourire rassurant d'une maîtresse adorable, Mme Grimaldi, les jolis pupitres en bois, la belle rangée de vieux portemanteaux dans le couloir, l'odeur douce de la salle de classe, les robinets avec le savon bizarre en forme de citron et la serviette unique pour tout le monde (cette serviette unique est dégueulasse et noire de crasse, je crois qu'on a les mains plus sales après s'être essuyé avec la serviette qu'avant de se les laver), les parties de foot dans la cour avec des manteaux en guise de buts. À la récré, je m'exerce tout seul, dans un coin, à frotter des gros cailloux l'un contre l'autre ; parfois jaillit le début d'une étincelle. Je me rêve en homme de Cro-Magnon qui survit à l'écart de la tribu. Je respire avec extase le pot de colle Cléopâtre à l'amande… Je pourrais en humer le parfum sans m'arrêter jusqu'à mourir. Pour tromper l'ennui, je taille mon crayon à papier pendant des heures, jusqu'à ce que le crayon n'existe plus et qu'il ne reste qu'un petit tas de bois sur mon pupitre d'écolier. J'ai prévu de donner les copeaux à mon père, ça pourra être utile quand il fait du feu dans la cheminée.

Un jour, en CE2, à la pause récré de l'après-midi, la maîtresse me dit gentiment :

— Olivier, si ça te fait envie, tu peux corriger les copies de géographie de tes camarades !

Elle doit penser que cela m'amuserait et me plairait de remplacer la maîtresse. Moi, je ne veux pas décevoir la maîtresse qui me fait confiance, alors je remplis mon rôle et je m'exécute. Au fond, ce n'est pas facile d'être toujours le premier de la classe. J'ai tellement peur de l'échec. De décevoir. Je ressens une telle pression. C'est peut-être de famille. Quand elle a passé son bac de français, dans les années 1970, ma mère a ressenti un stress si fort que le matin, avant l'épreuve, elle était paralysée d'une moitié du visage. Elle pouvait à peine articuler.

En permanence, la peur de perdre. Un sentiment de culpabilité est à l'horizon… dès qu'on n'est pas le premier ou la première. Laissez-moi tranquille, je n'ai rien demandé. J'en ai marre d'être vu comme un singe savant !

Benjamin Amadéo et les autres

Quand j'étais petit, j'habitais dans un village de Seine-et-Marne où il n'y avait pas beaucoup de gens « issus de la diversité » comme disent les hommes politiques, comme si la Diversité était un pays d'où viendraient des gens bizarres comme vous et moi. Je n'avais pas d'amis parmi les enfants de l'école primaire, alors je traînais avec Benjamin Amadéo, un type que tout le monde considérait comme un attardé.

Benjamin Amadéo était immense, un grand échalas tout pataud, avec des petites lunettes de psychopathe, et il passait son temps à disséquer des lézards. Il était amoureux en secret de Leslie Meyzer, une jolie blonde qui voulait devenir opticienne et ne jurait que par Katie Holmes et James Van Der Beek de la série *Dawson*.

Avec Benjamin Amadéo, je faisais les quatre cents coups. On allait dans la forêt toute proche du village et on chiait sur la voie ferrée. On prenait nos cahiers d'écoliers, ceux sur lesquels le grand poète Paul Éluard écrit le mot « Liberté », on déposait nos excréments dessus et on les disposait délicatement sur le ballast de la voie ferrée en attendant que les trains passent. À l'approche du train, qu'on entendait gronder très à l'avance dans le profond silence de la forêt, on montait au sommet des grandes tours de contrôle qui bordaient la voie ; il y avait des échelles très hautes qui servaient à grimper. On se pelotonnait là, abrités à plusieurs mètres au-dessus des voies, et on attendait que le train arrive à toute vitesse, passant à quelques mètres de nous dans un fracas épouvantable, en nous envoyant un tourbillon de vitesse et de frayeur au visage. Un jour, le conducteur du train a klaxonné en voyant sur la tour nos deux petites têtes d'enfants imprudents, perchés au-dessus des voies de chemin de fer.

Le Michel-Ange des campagnols

Un jour, en classe, on doit dessiner un animal et le reproduire de manière réaliste. Moi, j'aime beaucoup colorier et gribouiller. Des fantaisies. Faire de grands dessins avec des feutres fluo et des couleurs joyeuses… Je dessine avec mon cœur et j'aime ça. Des spirales, des arcs-en-ciel et des soleils. J'invente des dinosaures colorés. Un diplodocus azur. Un brontosaure vert pomme ou un tyrannosaure jaune citron. Mais dessiner un animal qui existe vraiment, je ne sais pas comment m'y prendre. Comment faire un chien ou un chat de manière réaliste ? C'est super dur ! Et comme je suis habitué à être tout le temps le premier, je panique. La seule chose que je sais dessiner, ce sont les chaises. Avec une maîtrise éblouissante de la perspective. La preuve :

Maîtrise éblouissante de la perspective.

Au secours ! Tout le monde dans la classe avance sur son dessin. Un lion, une tortue, un aigle… Paloma Grossi, elle, a dessiné un petit campagnol de toute beauté ! Paloma est une génie du dessin. Son petit rongeur est parfait, délicat et gracieux. À la fin de la journée, les dessins sont affichés dans le couloir près des portemanteaux. Moi, je n'ai rien à présenter. Je suis mort de honte ! Pris d'une impulsion horrible, j'ourdis un plan machiavélique. Je m'empare du dessin magnifique de Paloma et le glisse dans mon cartable discrètement. À la maison, j'apporte fièrement le campagnol volé à ma mère, comme un chat apportant une souris à son propriétaire :

— Regarde ce que j'ai fait à l'école !

Quand ma mère voit le dessin, elle a les larmes aux yeux. Elle ne se pose pas une seconde la question de l'authenticité du dessin :

— Qu'est-ce que tu es doué, quand même !

Elle affiche le fruit de mon larcin dans son bureau. Pour elle, je suis un génie, le Michel-Ange des campagnols ! Je suis mort de honte. C'est ainsi que mon destin de voleur et de faussaire commence. Pour satisfaire mes parents. Par peur de décevoir. Syndrome de premier de la classe.

Pardon, Paloma Grossi.

Il faut dire que mes parents sont tellement heureux quand je ramène des bulletins avec des A partout. Alors, je veux qu'ils soient fiers de moi. Tout le temps. Par amour. Ne pas les décevoir. D'ailleurs, est-ce qu'ils m'aimeraient toujours si j'avais des B, voire des C ? Est-ce qu'ils seraient tristes, en colère ? Est-ce qu'on mangerait encore des croque-monsieur tous ensemble ? Leur faire plaisir. Être à la hauteur de leurs attentes. Encore et encore. Jusqu'à m'oublier.

Ne pas perdre

Plutôt mourir que de perdre. Je suis un champion orgueilleux, capable de la pire mauvaise foi pour gagner. Je veux l'emporter sans cesse. Quand on fait une partie de balle au prisonnier au clos Notre-Père – le petit parc qui est derrière l'école et sert de terrain de sport –, j'ai l'impression que l'enjeu est aussi important que la Première Guerre mondiale. Il faut gagner à tout prix. Pas de quartier. Comme à Verdun. Ce sera une boucherie. Les chasubles rouges contre les chasubles bleues. Il faut mourir au champ d'honneur. Vaincre ou périr. Pas de pitié pour les vaincus. Capitulation sans condition.

À la récré, c'est chat perché, les Pog ou les billes. Quand on joue à la tic, on doit toucher la bille de l'autre avec la sienne. J'essaie de bien viser… et tic ! Pour optimiser mes chances de vaincre mes adversaires, j'ai échafaudé une ruse. Quand les deux billes sont toutes proches, je donne une pichenette de toutes mes forces. Si je touche l'autre bille ? Bingo. Gagné. Si je ne touche pas, j'ai tapé tellement fort que la bille est partie au moins à trois mètres. Impossible que je perde au coup d'après.

Je serai le Picsou des billes. Mon grand frère Clément rapporte d'un voyage de classe en Angleterre une magnifique boîte de billes en agate avec deux boulards pailletés. Un rose et un bleu. Je vole le rose à mon frère pour crâner à la récré. Dans la cour, je me la raconte. Je joue aussitôt le boulard au pot contre Tarik, dans les racines du tilleul. Et je perds la bille de mon frère, à ma grande honte… Heureusement qu'il est plus intéressé par le basket et le rugby que par les billes !

Dès que je suis contrarié et que je perds à un jeu, je deviens colérique et tyrannique. Un matin, le bibliobus est de passage dans la cour de l'école. Cette fabuleuse bibliothèque ambulante me fait rêver. Par petits groupes nous montons dans le camion, pour choisir un livre qui nous plaît. J'ai l'embarras du choix. Il y a de tout, des romans, des livres illustrés… Je repère un « Livre dont vous êtes le héros ». Je le montre à ma camarade Camille Goudeau :

— Tu vois Camille, ce livre doit être génial…

On flâne encore un peu dans les rayons. Puis, chacun notre tour, nous faisons la queue pour demander le livre que nous avons choisi.

Juste avant moi, Camille arrive devant la dame du bibliobus :

— Je voudrais le « Livre dont vous êtes le héros » !

Camille a demandé le livre à ma place et s'apprête à repartir avec ! Je fonds en larmes, inconsolable. Je braille :

— Mon livre ! C'est moi qui le lui ai montré ! C'est le mien !

La maîtresse me sermonne vertement :

— C'est le jeu, Olivier ! Respecte les règles. Camille a autant le droit de le prendre que toi. Tu peux en choisir un autre. Tiens, prends celui-ci... cette histoire est très jolie. *Le Pays des éléphants qui avaient une mémoire de poisson rouge...*

— Je m'en fous, des éléphants et des poissons rouges ! Je veux le « Livre dont vous êtes le héros » !

Mes pleurs se transforment en cascade, je suis inconsolable. Comme le jeune Pépé, dans *Astérix*, je promets d'arrêter de respirer jusqu'à ce que justice soit faite ! Camille cède devant mon caca nerveux, pour ne pas bloquer le bibliobus. Elle accepte d'échanger nos livres, à moitié consternée :

— Il est taré, celui-là !

Une autre fois, je me dispute avec Romain Jalabert au sujet d'une bille plate. J'ai dans ma collection des agates, des météores, des calots... Je veux posséder à tout prix une belle bille plate jaune bouton d'or. J'ai fait une partie endiablée à la récré de midi pour la gagner mais j'ai perdu sur le fil. J'accuse Romain Jalabert de tricherie. Dans toute l'histoire de l'école Olivier-Métra, personne n'a jamais vu quelqu'un se mettre dans cet état pour une bille plate. Une dispute éclate entre nous qui dégénère en bagarre. Romain Jalabert me fait un croche-patte et je me retrouve par terre. Je repars au combat. Me rue sur lui de toutes mes forces et donne des coups dans le vide. Je le mords comme un enragé. On s'arrache des poignées entières de cheveux. Il perd une dent. Je perds un bras. (J'exagère, vous trouvez ?) Tout cela se passe à l'entrée du gymnase derrière la salle de classe. La directrice de l'école intervient et me punit sévèrement. Je suis envoyé au coin pour tout le reste de l'après-midi. Pendant les années de primaire, la Guerre de la Bille Plate Jaune restera dans toutes les mémoires. Je suis le champion… des mauvais perdants.

Un été, en vacances chez Papy et Mamie en Bretagne, on fait une partie de cache-cache dans le jardin. Il y a mon grand frère, des oncles et des tantes avec mes cousins… Je décide de me cacher là où personne ne songera à me trouver : *à l'intérieur* de la haie qui borde le garage. Je me glisse à travers les branches du buisson. Recroquevillé. Ici, impossible de me trouver. Les adultes ont fini de compter jusqu'à 100 et se lancent à notre recherche. Rapidement j'entends les cris de joie, les exclamations, les rires. Tout le monde a été débusqué. Je suis le dernier… Dans ma cachette, l'excitation monte. Le temps passe. Une demi-heure. Une heure ? Les branches me griffent. Je commence à trouver le temps long. J'ai de la terre partout, trente insectes différents qui m'ont déjà piqué. Mais je m'en fous. J'ai tellement envie d'être le champion. Pas question de sortir de ma cachette. J'y reste un temps interminable, et je finis par entendre des cris : « À table ! » Bon. C'est déjà l'heure du déjeuner. Je me résous à sortir de ma cachette. Je ménage mon effet et entre dans la cuisine, fanfaron :

— J'ai gagné !

Je suis accueilli avec indifférence.

— Ah, te voilà ! On se demandait bien où tu étais passé. Va te laver les mains, on passe à table.

Mon air triomphant se transforme en moue dépitée :

— Mais on jouait ! J'ai gagné, j'étais caché dans la haie !

Cela fait belle lurette que tout le monde a abandonné la partie. Mon grand frère s'est replongé dans son journal *L'Équipe* et les résultats sportifs de la veille, tandis que mon cousin Étienne fait une partie de Mastermind avec ma tante Zoé. Personne n'a l'air de mesurer mon exploit. Pourtant colossal. J'ai tenu des heures dans la haie malgré les piqûres et les épines. Je suis tellement couvert d'égratignures et de plaies que je ressemble au Christ de ma grand-mère Josefa. Je m'en fous. Je suis officiellement champion du monde de cache-cache breton. Heureusement qu'il y a du kouign-amann en dessert, je l'ai bien mérité.

Ne pas aimer perdre, je tiens sans doute ce trait de caractère de mon éducation. Être un champion, gagner à tout prix. Je ne m'en rends pas encore compte, mais ce jour-là, je fais déjà l'expérience qu'à vouloir toujours être le meilleur, on se prive aussi de la compagnie des autres.

Les mondes imaginaires

Enfant solitaire, je trouve mon refuge dans les jeux. Lego, Playmobil, mais aussi notre collection de petites voitures. Je me prends d'affection pour elles comme avec des êtres humains, elles ont chacune un nom, de folles équipées ont lieu à travers tout l'étage, laissant des marques sur les plinthes. Il y a la Ferrari bleue et l'Agip rouge, les deux grandes favorites. Je ne sais pas à l'avance qui va gagner. Je lance les voitures et je regarde ce qui naît de mes gestes. Je respecte un parcours précis que j'ai minutieusement élaboré. C'est ainsi que naissent des courses automobiles de légende comme le Grand Rallye de la Chambre à Coucher ou les 24 Heures du Cagibi.

Dans les longs après-midi de mon enfance, je m'ennuie beaucoup et il m'arrive de jouer au Monopoly… tout seul. C'est complexe car je dois manœuvrer pour les deux adversaires ! Je m'efforce de ne pas avoir plus d'empathie pour l'un que pour l'autre. Je suis respectueux de l'équité entre les participants, même si c'est moi qui suis aux manettes. De quoi devenir doucement schizophrène. Moi qui déteste perdre, l'avantage est que je gagne à tous les coups. Soit c'est moi qui gagne, soit c'est Olivier ! La partie se termine quand un de mes pions est en train de ruiner l'autre.

Plus dur encore : jouer en solo aux échecs. Je tente de ne pas me souvenir de la tactique des blancs quand c'est au tour des noirs... C'est à la limite extrême de ma compétence. Heureusement, pour Noël, j'ai reçu un jeu d'échecs électronique. Je me plonge dedans et deviens rapidement imbattable. Je découvre comment déjouer l'ordinateur « Garry Kasparov » au niveau 10, le *level* de difficulté le plus élevé. Il suffit d'anticiper ses réactions d'automate et de lui faire du chantage affectif ; cet ordinateur est très sentimental, apparemment, et se met à faire quelques erreurs si je menace sa reine.

C'est ça, le problème, quand on veut tout le temps être le premier. Plus personne ne veut jouer avec vous. Même mon frère se lasse, car je gagne tout le temps, il préfère lire les journaux sportifs et suivre la rivalité entre le CSP Limoges et l'Élan béarnais Pau-Lacq-Orthez. Enfant gâté, j'ai beaucoup de boîtes de jeux. Alors je m'isole dans ma chambre. Mon jeu préféré est « Grand Safari », qui, contrairement à ce que semble dire son nom, porte sur les espèces animales rares, menacées ou disparues. Je suis un fana d'animaux, surtout ceux qui sont bizarres, le cheval de Przewalski, l'oryx d'Arabie, l'aigle à tête blanche... Je crois que l'ornithorynque et le wombat à narine poilue sont mes meilleurs copains de l'école primaire. Je lis et relis avec délectation les petites cartes du jeu : « Quetzal. Effectif : en forte régression sur l'ensemble de l'aire de répartition, donc menacé. Problème : destruction de son habitat et chassé pour les plumes de sa parure. » Ou encore : « Chameau sauvage. Effectif : en voie de disparition, le nombre exact d'individus encore en vie est inconnu. Problème : impossible à surveiller et à protéger efficacement à cause de son habitat inaccessible. » Je raffole des infos sur le dodo, je suis incollable sur le koala, et je connais tout sur la vigogne. Mais je n'ai toujours pas d'amis.

Bon, j'exagère un peu. Je joue avec mes camarades et je pensais avoir un meilleur ami, Arno Cayotte. Il est doux et gentil. Il vient souvent jouer à la maison. Pour mon anniversaire, on est tous allés à la base de loisirs avec les copains de l'école, il y avait Arno et d'autres camarades de la classe, Octavie, Christopher, Marina, Mickaël, Émilie, François… On a fait du cerf-volant et on passait un après-midi de rêve. Sauf qu'à un moment, pour constituer les équipes en vue d'un jeu, on s'est mis à dire à haute voix qui était notre meilleur ami. Quand est venu mon tour, spontanément, j'ai dit :

— Arno !

Quand est venu son tour à lui, j'attendais qu'il dise la même chose. Le traître a répondu :

— François !

Je me suis senti triste et humilié. Je pensais que c'était réciproque… J'ai grommelé dans ma tête toutes les insultes du capitaine Haddock : « Mille milliards de mille sabords ! Arno, tu ne mérites pas mon amitié et la sincérité de mes sentiments ! Bougre d'escogriffe ! Sapajou ! Ectoplasme ! »

Est-ce que je lui faisais honte à ce point ? J'ai pris mes distances avec Arno. Au fond, je pense que quand on est différent, on se sent toujours un peu seul. Les autres camarades ont parfois peur de s'afficher avec nous, par lâcheté. C'est une solitude difficile, avec laquelle il faut apprendre à vivre. Tant pis pour ceux qui ne nous acceptent pas entièrement. Ils ne savent pas ce qu'ils perdent.

Na !

Le champion des émotions

Au fond, ça me rend tellement malheureux de devoir être le premier. Je ne veux pas être un champion du calcul mental. Je ne suis pas un héros, comme le chante un type à la radio. Je ne suis pas un robot non plus. Je me sens fragile, marqué par une extrême sensibilité et une grande vulnérabilité. Le champion des émotions. Je ressens chaque chose avec beaucoup d'intensité, la joie, la tristesse ou l'angoisse. Quand je suis débordé par la peur, je me sens seul au monde et ne parviens plus à me raccrocher à rien. Ma sensibilité est très grande, je suis doté d'une immense imagination qui me place en décalage avec les autres, avec le monde extérieur. Hypersensible, je pleure comme une madeleine, et je ris comme une baleine ! À moins que je ne pleure comme une baleine, lorsqu'elles envoient des jets d'eau, et que je ne rigole comme une madeleine… que l'on trempe dans le chocolat chaud. De toute façon, les baleines, ça ne rigole pas, ça chante. Et les madeleines, ça ne pleure pas, ça se mange. Alors…

C'est pour cela, pour calmer ce grand désordre mental, que j'aime tant le dessin et le coloriage. Ils me permettent de me rebrancher physiquement à des émotions joyeuses. Pour remercier ma maîtresse à la fin de l'année, je lui ai offert un immense dessin de la taille d'un tableau, fait avec des feutres de toutes les couleurs. Je traduis mes émotions sous l'aspect d'immenses formes douces et multicolores…

Un jour à midi, j'attends mon père devant l'école primaire Olivier-Métra. Il doit venir me chercher, mais aucune Citroën ZX gris acier à l'horizon. Une peur panique s'empare de moi. Qu'est-ce qui se passe ? Qu'est-ce qui est arrivé à mon père ? Ça fait déjà dix minutes qu'il aurait dû venir me chercher. J'attends sur un banc dans le petit square devant l'école. Et la panique monte. De plus en plus. Je fixe l'église en face de moi et j'ai peur. J'ai l'âge où chaque seconde dure une minute, chaque minute, une heure. Dix minutes passent encore. C'est long. Personne ne vient me chercher. J'ai la sensation d'attendre depuis une éternité. Derrière moi, j'entends la rumeur de la cour de récréation assourdissante. Je suis pris de vertiges, je commence à avoir faim. Il n'y a personne.

Soudain la peur fait une place à la culpabilité et à la honte. C'est sûr, c'est ma faute. J'ai dû faire quelque chose de mal. S'il y a des gens qui passent, ils vont me regarder bizarrement, c'est normal. Que fait un enfant abandonné ici ? Trente minutes que j'attends, je le sais car l'église a sonné la demi-heure. Mon père n'est toujours pas là, je suis seul au monde sous les tilleuls du square. L'émotion s'empare de moi. Me déborde. Je m'effondre, je m'écroule. Personne n'est là et personne ne viendra plus jamais me chercher.

Cela fait plusieurs siècles que j'attends. La Terre a déjà tourné plusieurs fois autour des autres planètes. Il a dû s'écouler un temps aussi long que depuis l'extinction des dinosaures.

Je bascule dans une dimension jusque-là inconnue de l'existence. Une dimension où je ne suis plus en sécurité. À la panique succède la détresse, puis la résignation. La pause va se terminer et les cours de l'après-midi vont reprendre. J'ai faim, je n'ai pas mangé, je n'ose pas regagner l'école et avouer que mes parents ne sont pas venus. J'aurais trop honte. On me disputerait sûrement d'être resté dehors pendant la pause de midi. Je trouve le courage de retourner en classe, et je me confie à la maîtresse en pleurant. Immédiatement joints par téléphone, mes parents se répandent en excuses. Mon père était persuadé que ce jour-là, c'était ma mère qui venait me chercher, et vice versa. Un malentendu. Le soir, à la maison, la vie reprend son cours. Mais la tristesse, l'émotion du choc sont durables. Si les conséquences sont invisibles de l'extérieur, l'événement est bien gravé à l'intérieur de moi. Je porte dans mes tripes la terreur d'être abandonné.

Je suis un enfant que l'émotivité accompagne en permanence. Je ne me sens jamais complètement serein ni apaisé. Ces émotions se traduisent dans mes gestes, trouvent une expression dans mon corps. Dans ma chambre, je me balance sur ma chaise de manière systématique. Ma mère n'arrête pas de répéter : « Ne te balance pas sur ta chaise, Olivier ! » Moi, la régularité de ce mouvement de balancier me fait un bien immense. Mon corps a beaucoup de mal à trouver le calme. Je me balance dans ma chambre pour calmer l'anxiété, je tournoie follement dans les rideaux de mousseline du salon, je passe des heures à pourchasser ma balle rebondissante. Un jour, je trébuche sur le carrelage et me fais terriblement mal, je perds un éclat de dent. Quand je me balance sur ma chaise, je pense à la bergeronnette des ruisseaux. C'est un petit oiseau magnifique de la famille des Motacillidés, mangeur d'insectes. La bergeronnette doit son nom au fait qu'elle se plaît au milieu des troupeaux. Elle possède un superbe plumage gris, jaune et blanc. J'ai appris son nom scientifique : *Motacilla cinerea* ! Sa particularité est qu'elle hoche fortement la queue pour garder l'équilibre, c'est pour cela qu'on l'appelle également hochequeue, avec sa longue queue toujours en mouvement.

Après tout, si les oiseaux peuvent trouver l'équilibre en remuant leurs plumes, pourquoi cela ne pourrait pas marcher avec moi ?

La liste des merveilles

Avoir des émotions intenses possède un côté très positif : la capacité à ressentir de la joie, à éprouver la beauté de la vie ! Je n'arrête jamais de trouver le monde fabuleux, de m'ébahir, de m'extasier. Depuis que je suis enfant, je trouve que la vie est une fête.

Très jeune, l'une des ressources fondamentales pour moi, dans l'existence, c'est l'émerveillement.

Mon quotidien d'enfant est marqué par une sensibilité exacerbée, une imagination débordante et par une présence accrue aux gens, aux animaux, aux choses, au monde…

Notre petit jardin est habité par des créatures comme le papillon citron, qui pointe ses ailes d'or au printemps, ou le pic-vert qui tape avec son bec sur le tronc du pommier.

Je suis un enfant très gourmand. Le soir, dès que je rentre de l'école, je me précipite sur mon Nesquik glacé que je sirote dans le jardin avec sa petite paille bleue.

Je me souviens de la première fois où j'ai mangé un pain aux raisins. Cette drôle de pâtisserie en forme d'escargot… Je le mange en partant du bord de la spirale, pour arriver jusqu'au centre de l'univers.

Un autre jour, ma mère m'a regardé avec un grand sourire et m'a dit :

— Il y a une petite surprise aujourd'hui !

Et là j'ai découvert un gâteau surnaturel qu'elle a trouvé chez Intermarché : le tourteau au fromage… c'est un gâteau rond couvert d'une croûte noire légèrement brûlée. Une soucoupe volante miniature. Je ne me fais pas prier longtemps. À l'intérieur, c'est le gâteau le plus tendre du monde. Du bonheur brut pour les gourmands !

Je m'appelle Olivier, avec les lettres de mon prénom, on peut aussi écrire le mot « voilier » et partir très loin sur l'océan. Ma mère m'a appelé Olivier parce qu'elle trouve que c'est le plus beau prénom du monde. Ça lui rappelle les grands champs d'Andalousie d'où vient mon grand-père. Elle dit que ces arbres sont magnifiques. Même si je ne peux pas techniquement vérifier, car le seul olivier que je connaisse pour l'instant, c'est moi.

Ma mère m'a raconté qu'il y avait une grande tempête dans le jardin pendant les jours avant ma naissance, qu'elle a dû rentrer le linge qui séchait parce qu'il était en train de s'envoler. Je m'interroge. C'est peut-être parce que je suis né en pleine tempête que j'ai l'impression que la vie est un tourbillon…

Souvent, on fait des marques sur le mur de la cuisine pour mesurer ma taille… Je grandis et vais bientôt toucher les nuages, si je continue à manger de la soupe. Le fait de grandir, de sentir parfois des douleurs dans les os, me surprend tous les jours.

L'hiver, ma mère accroche dans le couloir de l'entrée un grelot de petits rennes minuscules et dorés qui tintinnabulent. Je me plais à m'y cogner légèrement afin que les clochettes se mettent à tinter. Le troupeau de rennes délicats, mis en mouvement, danse un merveilleux ballet... Par la puissance de l'imagination, on dirait qu'ils m'emmènent dans un pays imaginaire pour vivre des aventures enchanteresses.

Ma mère et moi, on écoute les chants de Noël en espagnol, les *villancicos*. Mon préféré s'appelle : *Los Peces* :

Los Peces
(Les Poissons)
La virgen se está peinando
(La vierge se peigne)
Entre cortina y cortina
(En cachette)
Los cabellos son de oro
(Les cheveux sont d'or)
Y los peines de plata fina
(Et les peignes d'argent fin...)

Tout est un vaste terrain d'aventures sans limites. Je dis au tiroir : « Tiroir, ouvre-toi ! » À l'intérieur, il y a des objets précieux : grands ciseaux de cuisine, louche impressionnante, râpe à fromage bizarroïde et pleine de trous... L'enfance est une aventure permanente, lorsqu'on a un peu d'imagination. Sans parler de cette arme de destruction massive qui s'appelle le casse-noix. Mes parents m'ont montré comment faire. Il y a le grand craquement de la coquille qui se brise et les morceaux qu'on récupère avec les doigts, comme si la noix était un bateau qui avait fait naufrage.

Un jour, soucieux de comprendre le secret du lave-vaisselle récemment acheté par mes parents, j'ouvre la machine en plein milieu du programme. Un nuage de vapeur chaude me saute à la figure… et j'entends un bruit d'eau extraordinaire, un vacarme qui semble directement sorti des entrailles de la Terre. Je suis certain que ce lave-vaisselle communique tout droit avec les chutes du Niagara, un volcan islandais en éruption… ou au moins avec l'écluse du village !

De mon enfance, il ne me reste pas toujours des souvenirs, mais des images.

La vue d'une petite mésange bleue sur le bord de la fenêtre qui grignote de la margarine, le matin.

Un papillon citron qui vole dans le jardin.

Une plume de geai d'un bleu éblouissant trouvée dans l'herbe.

L'ouïe. Le bruissement du vent dans la cime des arbres. Une chanson qui passe à la radio. Le grain d'une voix aimée.

Le goût sucré d'une tartine au chocolat.

Le feu de la moutarde.

Mettre plein de sel dans les frites.

Le toucher et la fraîcheur de la « joue » de l'oreiller quand on s'endort.

La robe de chambre si douce sur la peau. Ou la laine d'un pull-over contre laquelle on a envie de se blottir.

L'odorat. Se pourlécher les babines quand ça sent bon dans la cuisine.

L'odeur de chien mouillé de ma chienne Tina.

Sentir le parfum d'une rose, d'un seringat ou d'un flacon d'eau de Cologne.

Les premiers crocus qui sortent de terre. L'herbe légèrement givrée qui craque sous les pieds en hiver.

La couleur mordorée des feuilles d'arbre en automne.

Un rayon de soleil un soir d'été.

La surprise d'un arc-en-ciel après la pluie ou la tempête.

Pas besoin de partir à l'autre bout du monde pour apercevoir des merveilles. Un coin de forêt suffit… une simple flaque d'huile sur la chaussée qui forme un arc-en-ciel irisé, cela peut être très beau.

Un train de banlieue.

Un coin de ciel.

Les bois d'un cerf tombés dans les feuilles, la grâce d'une biche qui détale dans la forêt.

La beauté est partout. Une feuille d'arbre et ses dentelures. La magie des pierres. Le bout d'ambre que j'ai contemplé enfant pendant des heures tellement il me semblait magique.

C'est cela d'abord, « la poésie ». Être capable de voir la beauté, par cet éveil de tous les sens. Cette hyperesthésie permet d'appréhender la vie de manière extrêmement riche et merveilleuse. Je crois que c'est à la portée de chacun.

Ces éclats de souvenirs d'enfance sont comme un clavier sensoriel infini. Nous avons tous le nôtre, et abritons un trésor de sensations au fond de nous. Tout le monde peut faire la liste des choses qui lui font battre le cœur.

Je crois que pour vivre, il faut avoir au fond de soi un peu d'enchantement. Garder dans son cœur des couronnements éphémères, des sacres de rosée, des miracles de brume. Je m'extasie devant la beauté. Tout le temps. L'évidence de la beauté me console de bien des maux.

Ces expériences de beauté sont intenses. Ce sont des moments où j'ai l'impression que le monde va quelque part, même s'il ne me dit pas vraiment où. Comme le début d'une grande aventure…

La poésie tient dans ces enchantements simples. Comme le dit d'une manière splendide le poète René Char, que je découvrirai bien des années plus tard : « La poésie chante la nuit de l'hiver dans la pauvre boulangerie, sous la mie d'un pain de lumière. »

La beauté est partout… Avant d'être dans la poésie, ou dans l'art, elle est absolument partout. Au quotidien. Et face à toutes les blessures du mal, la beauté sera toujours présente. C'est l'autre dimension de la réalité. Très jeune, l'une des ressources fondamentales pour moi, dans la vie, c'est l'émerveillement.

Cet éveil des sens est le secret de la réceptivité au monde, de la sensibilité poétique. Il est notre façon d'être présents au monde. C'est un enchantement simple, celui du regard que l'on porte sur le monde.

L'émerveillement face à la beauté est ma conviction intime, ma morale, mon engagement, ma politique, ma ressource, ma thérapie, mon trésor.

Le lien avec la nature

Je suis un garçon très nature, comme les yaourts.

Quand je me promène en forêt, les battements de mon cœur ralentissent.

Dans les buissons, on peut apercevoir de grands animaux farouches détaler, une laie avec ses marcassins, un daim ou une biche magnifiques, qui appartiennent au même ordre cosmique que nous… Un jour, je suis tombé sur les bois d'un cerf, d'une beauté inouïe, avec des anfractuosités et des embranchements. La nuit, parfois, on peut entendre le brame du roi de la forêt…

Dans la nature, le monde semble plus grand, plus vaste que dans notre petite maison. Quand je me promène en forêt, et que le soleil m'éblouit, mes paupières s'agrandissent et protègent mon regard comme un parasol. Et l'ombre des arbres est si imposante, si effrayante quand le soleil se couche. Je me sens arbre, je ressens une grande fraternité avec eux…

Ma mère me montre parfois les plantes, comme la drosera, une fleur rouge carnivore capable de manger des insectes. Un jour, j'ai ramassé dans le jardin la plume bleutée d'un geai. Cette sensation d'émerveillement infinie, je l'ai toujours gardée dans mon cœur. Je passe tout mon temps libre dans le jardin, et je fais attention à ne pas marcher pieds nus pour ne pas me faire piquer par une abeille. Le plus triste, c'est que l'abeille meurt, contrairement aux guêpes, qui passent leur vie à vous piquer parce qu'elles vous prennent pour du nectar de pêche. Je suis un enfant et je ne sais pas grand-chose de la vie, mais j'ai beaucoup d'imagination, je passe beaucoup de temps à rêver, et je crois que le monde est comme un grand tourbillon, qu'on ne peut pas toujours savoir s'il faut rire ou pleurer…

Un soir à la maison, c'est l'orage et le ciel est bleu cobalt, sombre, d'une beauté intense et menaçante. Le tonnerre fait trembler les murs et des éclairs déchirent le ciel. Mes parents, qui ne ratent pas une occasion de faire des maths, m'expliquent qu'on peut calculer à quelle distance se trouve la foudre. Le fait de comprendre scientifiquement le monde les rassure, et moi aussi. Et comme le ciel d'orage, je suis un enfant qui pleure beaucoup, sans raison. À la maison, en classe, dans la rue, en vacances…

C'est un sanglot que je ne comprends pas et rien au monde ne peut me consoler. Un chagrin d'enfant. Cela ne dure jamais longtemps. Parfois je suis triste le soir. L'instant d'après, apaisé, je pose ma tête contre la fraîcheur de l'oreiller et je m'endors. Le sommeil est ma bonne étoile. Le lendemain, je suis réveillé par le soleil qui passe à travers mon Velux, perce les ténèbres de mes rêves et inonde ma chambre dans un ruissellement d'or liquide. Une nouvelle journée d'aventures commence.

Je ris autant que je pleure. Je suis un saule pleureur, un garçon fontaine, un garçon ruisseau, un garçon rivière. Un garçon qui pleure tout le temps, parfois sans raison apparente. Je suis envahi par les émotions et ça coule. Quand je suis triste, rien ne peut me consoler. Avec les larmes de mon corps on pourrait déclencher une crue de la Seine, on pourrait faire pleuvoir à verse sur le monde entier, on pourrait remplir tout l'espace entre les galaxies… On pourrait même remplir la baignoire de la salle de bains, et je suis sûr qu'il resterait encore quelques larmes pour faire cuire des pâtes.

Tina

Et puis il y a Tina, notre petite chienne au pelage brun, la grande copine de mon enfance. Mes parents l'ont trouvée dans un refuge juste avant ma naissance. Elle aime rogner les bouts de bois dans la forêt de Fontainebleau, près de la mare à Piat. Elle va inlassablement chercher la vieille balle de tennis à moitié pourrie, elle fait un bruit de moteur de Ferrari quand elle reprend son souffle et elle aime festoyer avec nous sous la table pour le dîner. Elle engloutit voracement les croûtes du fromage et le gras de la viande. J'aime lui donner ses croquettes Frolic. Quand elle est malade, on met ses médicaments à l'intérieur d'une fine tranche de chorizo roulée. Tina adore tellement ça qu'elle avale tout sans réfléchir. Elle est si gourmande qu'elle lape encore par terre longtemps après avoir fini. Après son passage, le sol est complètement nettoyé, c'est mieux qu'une serpillière. La nuit, elle dort sous l'escalier. J'aime éperdument jouer avec elle, lui caresser tendrement les oreilles. Ce qu'elle déteste par-dessus tout, c'est quand on la force à prendre un bain. Ses poils se hérissent, elle se débat de toutes ses forces… Comme moi en classe, quand la craie crisse affreusement contre le tableau et que j'ai la chair de poule. Dans le jardin, j'aime m'installer avec Tina à l'ombre des bambous. Je me blottis tout contre elle. Son odeur de chien m'apaise. Je la contemple avec admiration se lécher la poitrine. Une fois, j'ai essayé de l'imiter, je peux vous garantir que c'est super difficile. Quand elle a chaud, j'aime écouter Tina faire un bruit de ventilateur avec sa langue. Elle halète comme une dingue et je m'amuse à faire la même chose. Le bonheur que me procure la compagnie de Tina est sans limites.

Le bonheur est dans le livre

Mais la plus grande chose qui fait battre mon cœur d'enfant, c'est la lecture. Je me suis réfugié dans les livres, les poèmes et les histoires. Les mots, très tôt, cela a été toute ma vie.

Avant que je ne m'endorme, le soir, les parents me lisent parfois des histoires. J'ai un souvenir très fort et très ému de mon père qui me lit *La Fameuse Invasion de la Sicile par les ours* de Dino Buzzati. Même si j'ai très peur du personnage du Croquemitaine… Jamais je n'ai entendu une aussi belle histoire. Au début, on lit un chapitre par soir, je dois attendre le lendemain pour continuer. Je tiens plusieurs jours et puis je craque. J'enfreins l'interdiction de mes parents, et j'essaie de continuer à lire tout seul, même si je ne comprends pas tout. Je crois que c'est comme ça, avec cette transgression délicieuse, que le virus de la lecture commence. Lire est une façon de prolonger ces instants magiques.

Très vite, je passe ma journée à lire. Après tout, un livre, ça s'ouvre comme une fenêtre, comme une porte… C'est une façon de voyager, de découvrir d'autres mondes, de faire l'expérience de l'altérité, de vivre d'autres vies.

J'aime à la folie les livres illustrés et celui qui m'a sans doute le plus marqué est *Elmer l'éléphant bariolé.* Je voulais m'habiller comme lui, d'ailleurs je me suis aussi fait un déguisement bariolé pour la kermesse de l'école et j'ai eu beaucoup de succès.

Peu à peu, je passe aux histoires pour les grands…

Je sais lire. Lire. Libre. Livre. Je ne sais pas comment les lettres, assemblées comme les pièces d'un gigantesque puzzle, forment des mots, des histoires. Mais je trouve qu'un livre est le plus beau des miracles.

La lecture a été, est et sera toujours la grande passion de ma vie.

Le samedi après-midi, ma mère m'emmène à la bibliothèque municipale de Melun pour que je choisisse de nouveaux livres. Pour s'y rendre, on se promène au bord de la Seine et ma mère m'apprend à reconnaître les canards colverts.

— Là-bas, mon bonhomme, des canards colverts !

— Oh, il y en a un qui est plus coloré maman !

— Oui, Olivier, c'est le mâle !

Juste derrière la prison, au bout de l'étroit boyau de la rue du Four, une entrée gravillonnée mène à la bibliothèque municipale. J'entre là-bas comme dans un temple. Sur les étagères, des milliers de livres semblent m'attendre, silencieux comme de vieux hiboux. Je m'approche en frémissant des rayons. Mes livres préférés sont des romans d'aventures avec les Amérindiens. Surtout quand ils chevauchent les appaloosas, leurs chevaux sauvages et indomptables. J'aime ce mot. Appaloosa. Je trouve que c'est un mot qui galope.

Je choisis des romans qui me plaisent et je les donne à la fée gardienne des lieux, la Dame de la Bibliothèque. C'est une personne très douce qui sourit avec une gentillesse infinie. Les interactions sociales sont une grande aventure pour moi et je suis malgré tout extrêmement intimidé. J'ai peur qu'elle refuse de me prêter ses livres, même si elle doit les avoir déjà tous lus, peut-être ? La Dame de la Bibliothèque regarde avec tendresse ceux que j'ai choisis. Ensuite, elle les frotte sur une planche en métal qui ressemble à un bout d'astéroïde. Avec un rayon rouge. Cela doit être une technologie extraterrestre. Comme par magie, les livres font un bruit qui signifie qu'ils sont d'accord pour qu'on les emprunte.

J'ai le droit de prendre cinq livres toutes les trois semaines. Je fais exprès d'en prendre des gros pour tenir jusqu'à la fois suivante. J'ai lu déjà beaucoup de romans de la bibliothèque municipale mais il y a tellement de livres que je ne pourrai jamais tous les lire. Heureusement, j'ai prévu de découvrir le secret de l'immortalité…

Une de mes lectures préférées est la série des « Trois Jeunes Détectives ». Ce sont les aventures passionnantes de Hannibal, Bob et Peter. Ils vivent à Los Angeles et résolvent des enquêtes pour leur patron Alfred Hitchcock. Ils se retrouvent régulièrement dans une caravane qu'ils appellent leur QG. Cette expression me fait rêver. Moi aussi, je voudrais avoir un QG ! Les titres de la collection « Les Trois Jeunes Détectives » sont des jeux de mots qui me font rire : *L'Épouvantable Épouvantail*, *Le Perroquet qui bégayait*, *Le Miroir qui glaçait*… Chaque livre compte exactement vingt chapitres, pas un de plus, pas un de moins. Le suspense est incroyable. Je pose, fébrile, ma main sur le livre pour masquer les dernières lignes du chapitre, et ne pas me gâcher le rebondissement. Quand j'accompagne mon père chez Leclerc le samedi matin, il m'offre parfois un nouvel épisode de la série.

Quand j'ai le droit, je fonce au rayon bandes dessinées, je m'assois en tailleur par terre et je lis avec un bonheur suprême *Blake et Mortimer*, *Lucky Luke* ou *Boule & Bill*, une famille qui ressemble vraiment à la nôtre (c'est super précis, je ne sais pas comment ils ont su pour le chien).

En ce moment, je lis tous les *Léonard*. Un génie qui passe son temps à faire des expériences scientifiques en compagnie de son disciple Basile, de la souris Bernadette et de Mathurine. Moi aussi, je me pose des questions scientifiques d'importance.

Au réveil, j'ai toujours énormément d'épis dans les cheveux. Je pense que c'est parce que je produis de l'électricité avec ma tête. On pourrait alimenter le monde entier avec l'activité électrique de mon cerveau.

La lecture pour moi n'a pas de catégorie : quand cela me fait vibrer, c'est tout ce qui compte. Je frissonne avec Agatha Christie, je mène l'enquête avec Gaston Leroux. Sherlock Holmes m'ennuie un peu, avec ses déductions élémentaires et son air de tout savoir. C'est facile, quand le docteur Watson est là pour faire tout le boulot à votre place !

J'aime beaucoup la science-fiction, *Chroniques martiennes* de Ray Bradbury et *Le Meilleur des mondes* d'Aldous Huxley. Je suis transporté, happé par *Le Grand Secret* de Barjavel qui étudie la possibilité de l'immortalité. Je ne me pose pas la question de savoir si les romans sont pour les grands ou pas. Mon plaisir de lecture est le même pour les « Chair de poule » ou *Les Raisins de la colère* de Steinbeck. Ma vie est peuplée de compagnons imaginaires… La saga de *Dune* m'embarque pendant des semaines. Je résiste avec Paul Atréides au test du Gom Jabbar. Je me réfugie sur Arrakis et suis recueilli par les Fremen du désert, au pays des vers des sables et de l'Épice.

Je lis aussi quelques classiques. *Le Roman de la momie* de Théophile Gautier m'ennuie et me passionne à la fois car il faut des plombes pour arriver au personnage principal. Chaque description dure au moins douze pages. Quelle précision, mais quelle lenteur ! Grâce à Théophile Gautier, je sais tout sur les embaumeurs de l'ancienne Égypte, les vêtements des pharaons et tout un tas de choses de l'Antiquité super chouettes. Je me délecte de passages ou de répliques incompréhensibles, que je connais par cœur : « En effet, dit le savant, il y a quelques siècles que les colchytes, les paraschistes et les taricheutes ont fermé boutique, et que les Memnonia, tranquilles quartiers des morts, ont été désertés par les vivants. » J'ai beau ne pas comprendre tous les mots de cette phrase, j'adore la répéter à haute voix !

Quand je découvre la collection des « Livres dont vous êtes le héros », je suis tellement enthousiaste que je reste plusieurs jours dans ma chambre en tailleur, sans bouger, plongé dans ma lecture avec fièvre et passion. Je jette les dés frénétiquement au début de chaque partie pour découvrir mon score de magie et d'habileté. *Le Sorcier de la montagne de Feu* est une aventure qui me fait vibrer jusqu'au bout de la nuit. Au bout de quelques jours, je n'ai toujours pas triomphé du labyrinthe mortel, mais j'ai sérieusement mal à la nuque à force d'être assis par terre à lancer les dés.

Difficile de classer les livres qui m'enchantent le plus. Il y a ceux de Roald Dahl. *Le Merveilleux Voyage de*

Nils Holgersson… Je lis Jules Verne. Je parcours *Vingt Mille Lieues sous les mers* avec le capitaine Nemo et m'envole pour *Cinq Semaines en ballon*. J'explore *L'Île mystérieuse* et navigue avec *Les Enfants du capitaine Grant*. Je me bats aux côtés des *Trois Mousquetaires*, même si à mon avis il y a une erreur dans le titre… Puisqu'ils sont quatre, non ?

Un jour, c'est le drame, j'oublie mon *Huckleberry Finn* chez le docteur Rouanet, le médecin de famille chez qui je suis allé faire un vaccin. Je dois attendre le lendemain et je bouillonne d'impatience, inconsolable.

Les Misérables est le premier classique que je lis. J'ai le sentiment éblouissant d'entrer dans un monde nouveau. Dans la douce lumière du printemps, je reste durant des journées entières allongé sur le lit de mes parents avec Fantine, Cosette, Jean Valjean et le redoutable Javert. Je me souviens du couvre-lit orangé et des rayons du soleil de la fin d'après-midi qui filtrent doucement à travers les persiennes.

Le moment que je préfère pour lire est le soir, quand la planète s'arrête de tourner. Je me blottis au chaud dans mon lit, un livre sur les genoux. Ma petite veilleuse m'éclaire dans l'univers. J'adore lire et relire les albums de *Tintin*. Si mes parents entrent dans la chambre pour vérifier que je dors, je cache à toute vitesse la BD sous l'oreiller et je fais semblant de dormir. Les bruits de pas s'éloignent, la lumière dans le couloir s'éteint… Je rallume la veilleuse, je reprends *L'Île noire* et repars avec Milou sur la route… Milou qui boit en douce du whisky Loch Lomond ! J'aime les expressions toutes faites dont Hergé parsème ses dialogues : « Quand le vin est tiré, il faut le boire »… Et Tintin se jette ensuite à la poursuite du docteur Müller. Mais ce dont je raffole le plus, ce sont les insultes du capitaine Haddock : « Mille millions de mille sabords ! Bachi-bouzouk ! Moule à gaufres ! Tonnerre de Brest ! Flibustiers ! Ectoplasme à roulettes ! Hurluberlu ! Anacoluthe ! Catachrèse ! Aérolithe ! »

Je ne peux pas m'arrêter de lire, je n'y peux rien, c'est bon comme le chocolat Crunch. Je deviens Jim Hawkins, j'ai trouvé une carte dans le coffre de Billy Bones, et je cingle avec Long John Silver vers l'île au trésor de Stevenson à bord de l'*Hispaniola*… Je passe des nuits entières avec *Les Mille et Une Nuits* dans une vieille édition très usée qui appartient à ma mère. Le livre est si beau, ancien et mystérieux que parfois les pages se détachent, même si je les tourne avec énormément de précaution.

Je suis pris d'une tendresse infinie pour Shéhérazade qui se maintient en vie chaque nuit grâce à la magie des histoires. J'aimerais lui ressembler. Plus tard, je serai Shéhérazade pour dire des contes aux méchants, et survivre… J'embarque avec Sinbad le marin pour des pérégrinations invraisemblables. Grâce aux livres je passe des nuits interminables, éternelles. Mieux que des rêves, ce sont des rêves éveillés. Au matin, j'ai des épis dans les cheveux et des étoiles dans les yeux.

Des années plus tard, à l'heure où j'écris ces lignes, je suis encore l'enfant de ces nuits. Le réconfort d'un livre… avec une boisson chaude, un coussin ou un chat posé sur les genoux, il n'y a besoin de rien d'autre pour être parfaitement heureux !

Le monde en quatre dimensions : ma vie de synesthète

Je vis entouré de livres et, spontanément, je me mets donc à écrire. D'abord en jouant avec les mots. Je mélange les dés du jeu Boggle et m'amuse avec les lettres. Un carré de lettres A, I, R, E, par exemple, peut donner les mots : aire, raie, aie, air, are, ira, ire, rai, ria, rie…

Quel bonheur d'assembler les lettres. Pour moi, comme pour toutes les personnes synesthètes, les lettres sont associées à des couleurs, des parfums ou des textures, des mélodies ou des goûts… Je vois le A en blanc, le I en jaune, et le O en vert (quand j'écris mon prénom, Olivier, je l'imagine avec beaucoup de couleurs, du vert et du jaune surtout, comme un jardin en fleurs constellé de tournesols, de boutons d'or et de pissenlits !). J'adore les mots compliqués. Et encore plus ceux avec un Y, comme asphyxie, xylophone, python, paroxysme, sibyllin, dionysiaque ou kyrielle. La vye est plus belle quand elle s'écryt avec des y. Ces mots-là m'emportent dans un pays imaginaire où tout serait étrange et fantastique…

Je raffole aussi des termes rares. Dulçaquicole, qui vit en eau douce. Confiturier, petit meuble dans lequel on range les confitures. Urticant, dont le contact produit une sensation de brûlure. Coquecigrue, un terme littéraire pour dire baliverne ou absurdité, est mon préféré ! Chacun possède sa couleur, chaude ou froide, corail ou vert pomme, sa musique entraînante ou mélancolique, son parfum musqué ou capiteux, fleuri ou boisé. Je trouve que les jolis mots sont comme les chocolats Les Pyrénéens. Ils fondent doucement sous la langue. Chacun avec un goût unique… Certains sont sucrés comme des bonbons bouteilles de cola, d'autres, poivrés comme la soupe au cresson, acides comme un quartier de pamplemousse, croquants comme des noisettes, rafraîchissants comme des pastèques, délicieusement sucrés comme du sirop d'érable… Chaque vocable est un déluge de saveurs en bouche. La vie est une fête, lorsqu'on est un gourmand du dictionnaire.

Déjà une vocation : écrire !

On est en 1994… J'ai sept ans, j'ai beaucoup d'imagination et j'écris des poésies et des histoires. Sur la couverture de mon premier cahier, il y a un guanaco, une sorte de lama sauvage des Andes. Sur la page de garde, j'ai écrit à la main, au stylo rouge :

Olivier
Histoires (brouillons)
Et
Poésies

En précisant bien « brouillons », car il faut être humble !

Je commence l'écriture de *La Syllabe interdite*, mon grand roman de jeunesse, dont voici en exclusivité mondiale les premiers chapitres :

La syllabe interdite

Chapitre 1

Je me présente : Franck.

Je m'ennuyais et on m'avait interdit de toucher au téléphone. Pourtant, désobéissant à mes parents, je composai le numéro suivant : 60 91 30 02. J'attendis un moment, puis une voix se fit entendre. Voilà ce qu'elle disait :

— Bonjour, vous téléphonez à l'association Valda. Que désirez-vous ? Je vous rappelle que vous n'avez pas le droit de demander un objet se terminant par « eur ». Sinon, la punition sera terrible.

Franck, étonné, et inquiet à la fois, resta coi, puis prit la parole.

— Un stylo, une petite voiture, et…

— Stop ! Je vous rappelle que vous n'avez le droit de dire que 18 objets. Vous en êtes à 15. Ne voulez-vous donc pas une vraie voiture ?

— Si, je veux bien, ça sera utile pour mes parents.

— Avec un moteur ?

— Bah, oui, avec un mo…

— Vous avez de la chance de…

— Je retéléphonerai demain.

Franck s'apprêtait à raccrocher quand son interlocuteur le retint :

— Attendez !

— Qu'est-ce qu'il y a, encore ?

— Vous aurez vos cadeaux dans dix minutes. Ils seront dans la boîte aux lettres.

Franck sortit du bureau où était le téléphone, attendit dix minutes, et, l'air de rien, demanda à sa mère la permission d'aller chercher le courrier. Elle accepta volontiers et il alla le chercher. Après avoir pris les objets qui étaient commandés, il ferma la boîte aux lettres, car aucun courrier n'avait été donné par le facteur.

Il entrouvrit la porte, dit très vite « RIEN », puis courut dans sa chambre pour ranger ses cadeaux dans son coffre à jouets.

Chapitre 2

Le lendemain, tournant le dos à ses parents, il prit le téléphone et refit le numéro. La scène se répéta comme cela s'était passé le jour d'avant, il dit deux cadeaux puis hésita. C'était son dernier cadeau. Que pouvait-il demander ?

Enfin, il se décida.

— Une montre, dit Franck.

— Qui fait quoi ? demanda la voix.

— Qui indique l'heure, évidemment, dit Franck. Non, je ne voulais pas dire ça, dit Franck.

Mais c'était trop tard. La voix lui dit :

— Désormais, vous serez obligé de travailler dans la planète OLKAKUR avec tous ceux qui ont dit « EUR ».

Et tout de suite, je fus emporté par une brume grisâtre et je perdis connaissance. Quand je me réveillai, ce fut pour contempler un spectacle effrayant. Des centaines d'esclaves étaient là, bien là, en train de travailler, travailler, sans aucun repos.

Chapitre 3

J'étais en train donc de regarder ces pauvres esclaves, dont je faisais partie désormais, quand derrière moi retentit une voix stridente. C'était le maître des esclaves. « Qu'est-ce que tu fais là, vermine ? » Et il me donna un coup de fouet. J'allais crier « AÏE » quand il me dit de venir. Il me fit entrer dans une salle où il y avait des troncs d'arbres. Il me dit :

— Il est deux heures et demie. Prends la scie. Et quand tu auras fini de couper tous ces troncs d'arbres, tu pourras te reposer.

Je protestai :

— Mais, Monsieur, c'est…

— Ne discute pas !

Et il me donna un coup de fouet. Il était 9 heures quand je finis de couper le dernier tronc. J'allais partir de la salle quand j'entendis un bruit. Je regardais de tous côtés et je ne voyais rien quand j'aperçus une silhouette dans le fond. C'était un adolescent de deux têtes de plus que moi, cheveux noirs comme de l'ébène, avec des yeux bleus. Je n'osais pas lui parler, mais c'est lui qui prit la parole :

— Qu'est-ce que tu fais là, bonhomme ? Tu ne me connais pas ? Toi, tu es nouveau. Je suis Peter Svensson. Allez, ne crains rien, viens avec moi. Comment t'appelles-tu ?

Je lui répondis puis il m'emmena dans un bord du mur et le toucha. Une trappe s'ouvrit. Je m'apprêtais à y entrer quand soudain, la voix du chef des esclaves retentit à nouveau.

— Il n'y a personne ?

Je me fis tout petit avec Peter Svensson dans l'obscurité de la salle. Il attendit un peu puis repartit. OUF ! Danger passé. Je repensais à mes parents. Pourquoi avais-je désobéi ? Et pourquoi avais-je dit « eur » ? J'entrai dans la trappe, suivi de Peter Svensson.

Chapitre 4

C'était un souterrain dont je ne voyais pas le bout, et qui faisait cinquante centimètres de plus que moi. Je n'osais pas avancer car il faisait sombre. J'attendis que mes yeux s'habituent à l'obscurité et j'allais enfin pouvoir avancer quand Peter me dit qu'il avait oublié quelque chose, mais c'était pour me claquer la porte au nez (ne vous inquiétez, pas, c'était une ruse) et appeler le chef des esclaves. Il vint mais ne pouvait pas passer. Alors Peter Svensson eut une idée géniale. Il claqua la porte une deuxième fois et ordonna à tous les esclaves de s'enfuir. J'avançais donc dans l'obscurité en tâtonnant pour voir s'il n'y avait pas une issue ou quelque chose à manger ou à boire. Soudain, je sentis quelque chose de visqueux, de gluant. Et quand mes yeux se réhabituèrent à l'obscurité, je vis que la chose gluante que j'avais touchée était une limace !!! Mais je n'eus pas le temps de réaliser que j'étais sous terre, car une main venait de me toucher. J'étais paralysé de peur. Mais quand je me retournai, je vis que ce qui m'avait tant effrayé était une taupe. Mais soudain, je fus éjecté (comme les animaux qui étaient autour de moi, d'ailleurs) par un puits de pétrole ! J'en avais découvert un ! J'attendais l'arrivée des journalistes. Mais quand ils arrivèrent, ce fut pour constater que les voitures des journalistes n'étaient autres que des crabes géants, et que leurs passagers étaient des dinosaures ! J'étais donc véritablement sur une autre planète !!!

[…]

Le récit fantastique de *La Syllabe interdite* continue. On retrouve Peter Svensson au chapitre 5, en compagnie d'un tyrannosaure et d'une mygale. Puis les deux héros reprennent leur quête au chapitre 6, et se rendent jusqu'à la forteresse du Dinosaure Bleu, qui a transformé tous les hommes en monstres…

J'ai une imagination précoce.

Dans ces cahiers, j'écris aussi des contes, comme « L'enfant de la lune », ou des chansonnettes :

L'enfant de la lune

C'était un beau jour d'été où le soleil brillait dans le ciel. À cette époque, le soleil et la lune étaient amis. Un beau jour, la lune fit un enfant. Cet enfant était le plus bel enfant de l'espace. On l'appelait : Luleil. Luleil était beau, transparent, intelligent. Le soleil, jaloux, décida d'en avoir un lui aussi. Mais il était moche avec une bosse dans le dos. Le soleil en attrapa la jaunisse et dut rester au lit et manger de la soupe de ver de terre pendant deux mois. Puis il entra dans une colère énorme et décida d'enlever Luleil. À la tombée de la nuit, il marcha à pas de loup et enleva l'enfant de la lune. Mais quand il voulut rentrer chez lui, une météorite tomba sur lui et il mourut. Bien fait ! Et Luleil rentra dans sa maison. Et le soleil n'était plus là. Bon débarras !

Olivier,
Le 27/06/94

Histoire qui se termine bien

Les crocodiles sont arrivés
Et ils vont la dévorer
Elle a bonne joue et bonne mine
Ils préparent leurs canines
Elle essaie maintes fois d'échapper
À leurs babines affamées
Mais elle se fait avaler
Par un crocodile mal coiffé
Dans le ventre du crocodile
Elle ne fait pas l'imbécile
Elle prend un grand tonneau de mil
Et un tout petit baril
Elle se met à donner des coups
Dans l'estomac de ce voyou
Celui-ci a attaqué
Mais elle a tout de suite répliqué
Et la voilà qui passe tranquille
Dans l'estomac du crocodile
Pour retrouver tranquillement
Sa famille et ses enfants
Comme elle était très contente
Elle a invité sa tante
À venir déjeuner
Dans sa petite maisonnée

La chanson est finie là
J'espère qu'elle vous plaira
Ah ! Mes amis, quelle aventure !
Mais c'est comme ça la nature.

Dimanche 12 novembre 1995
Olivier

Calèches-nicoffes

Un jour à la radio, dans l'émission d'espionnage *Rendez-vous avec X* que mon père écoute le dimanche après le poulet rôti, j'entends prononcer un mot étrange : les « calèches-nicoffes ». Je ne suis pas sûr d'avoir compris de quoi il s'agissait, mais le présentateur en parle comme de quelque chose d'important. Alors j'écris un conte où mon héroïne, une princesse russe, traverse la steppe à toute allure, à bord de sa calèche-nicoffe…

La maîtresse manque de s'étouffer en me lisant. Elle écrit dans la marge : « Olivier… Où vas-tu chercher ça ? Ça s'écrit kalachnikov ! C'est une arme très dangereuse ! »

Moi je déteste les armes pour tuer. Je préfère ma calèche-nicoffe, une invention où les princesses russes, vêtues de leurs nicoffes bretonnes traditionnelles, sont tirées par de grands chevaux qui galopent. Très tôt, j'ai écrit des histoires ou des poésies. En écrivant ce livre, j'ai retrouvé ce cahier où j'ai commencé à écrire en 1993 ou 1994, à six ou sept ans à peine.

Mon premier poème s'appelle « Souvenir de ma jeunesse ». J'ai six ans. Dans ma tête, j'ai l'impression d'être déjà très vieux. Je m'invente des aventures imaginaires… Une façon de m'évader. Je suis déjà dans ma bulle, dans un décalage avec le réel. Je ne fais parfois pas la différence entre mon imagination et la réalité… Après tout, qu'est-ce qui m'interdit de penser que les papillons mangent des noisettes ?

Dans une de mes premières histoires, des bandits kidnappent mon amie Émilie. Heureusement, je retrouve les malfaiteurs, je leur donne rendez-vous près du noisetier du jardin. Je leur donne une valise… pleine de faux billets ! Hop. Ils n'y voient que du feu. Je les ai dupés. *Happy end.*

Lors du premier concours de rédaction à l'école, dont le sujet est « Noël », j'écris un poème avec de la neige et des sapins. Je veux gagner, comme d'habitude. Tout le monde lit sa rédaction. Mais Mickaël, le traître… a écrit une histoire incroyablement drôle sur le père Noël. Il est passionné de trains, et son histoire du train du père Noël est extraordinaire. Farfelue et originale. Tout le monde rit. Mickaël arrive premier. Je finis deuxième avec mes sapins enneigés.

J'écris aussi ma première histoire sur le thème des Indiens. Inspiré par mes lectures à la bibliothèque municipale, je raconte les aventures de Clair de Lune, une princesse amérindienne, et de Soleil Précieux, son meilleur ami qui chevauche un Appaloosa (une lubie, manifestement, je mets de ces chevaux partout). Hélas ! un grand tremblement de terre vient bouleverser la destinée de toute la tribu. Clair de Lune, mon héroïne, tombe brutalement malade. Sa mort est un grand moment d'émotion. Heureusement, j'arrive quand même à caser le mot « paroxysme ».

Musique !

Je vous présente ma professeure de piano, Valentina, une Russe haute comme trois pommes (je la dépasse presque en taille), qui est d'une gentillesse exceptionnelle, porte des grands châles colorés et joue divinement Mozart au piano. Je me rends chez elle chaque mercredi. Le piano est une grande passion d'enfance : pour moi, la musique c'est l'émotion à l'état pur.

Cette femme-soleil a toujours le sourire, aussi généreuse en compliments qu'exigeante avec moi dans le travail. Sa sensibilité musicale et son talent de pédagogue sont incroyables. Avec elle je progresse à vitesse grand V à travers le pays enchanté de la musique classique ! Ce que je préfère avec Valentina, c'est quand elle joue elle-même les morceaux qu'elle me propose de déchiffrer. Je la considère comme une génie de la musique, je suis sûr qu'elle joue aussi bien que Chopin, Schumann et Debussy réunis. Quand elle interprète avec grâce, légèreté et virtuosité les *Moments musicaux* de

Schubert, mon cœur s'envole de joie... Quel envoûtement, quel bonheur de l'écouter, quel plaisir extraordinaire !

On commence par une méthode de piano pour débutants, avec des zèbres et des pandas, puis j'explore *Le Crocodile du clavier*, avec des morceaux plus complexes. Très vite, j'apprends mon premier classique : *La Lettre à Élise* ! Au départ, j'imagine que Beethoven l'a écrit spécialement pour sa camarade Élise, comme avec les chansons que je compose pour Soleil Précieux, mon amie amérindienne imaginaire ! Je joue *La Lettre à Élise* pour ma grand-mère Josefa qui en raffole. Dès qu'elle vient à la maison, elle me dit avec son accent espagnol :

— Joue-moi un peu de piano ! « *La Elisa* », *que me gusta !*

Je ne me fais pas prier, pour le plus grand bonheur de ma grand-mère. Je prends des poses inspirées : *Mi mi bémol mi bémol mi si ré do la*... La la la la. La la la la... Josefa pousse des petits murmures émus. Applaudissements assurés. C'est bien payé pour un morceau facile à apprendre. Bravo et merci Beethoven !

D'ailleurs, on a fait une sorte d'appareil électronique à l'école (fabriqué de toutes pièces, il est très laid !) et il émet de la musique, une sonnerie préenregistrée qui joue aussi *La Lettre à Élise*... Je suis jaloux, la machine n'a même pas besoin de se mettre au piano pour arriver au même résultat que moi !

Cet instrument est une source de plaisir infini. Je découvre *Premier Chagrin* de Schubert, une merveille. Chopin et ses *Préludes*. Mon grand frère, lui, répète cent fois par jour que je joue horriblement mal et m'empêche de jouer pour regarder la télévision. La seule chose qu'il veut bien que j'interprète, c'est la *Danse indienne* (*mi, la, tatatatatam, mi, la, tatatatam*, si vous voulez mon avis, c'est une musique de bourrin !).

Malheureusement, ma prof chérie Valentina déménage au bout de quelques années – son mari est présentateur télé dans un pays très lointain du Golfe (est-ce qu'on joue au golf là-bas ?), et ils partent s'y installer. Quelle tristesse !

Je fais une brève tentative avec un nouveau prof, M. Gorokhoff. Il est russe lui aussi. Tous les profs de piano sont russes, ou quoi ? Au téléphone, sa femme m'a fait passer une sorte d'entretien préliminaire où j'ai dû faire la liste des morceaux que je maîtrise déjà. Pour moi, le piano, c'est pourtant tout sauf une compétition ! Pour l'accueillir lors de ma première leçon, j'ai enfilé un survêtement bleu ciel acheté chez Décathlon, beaucoup trop grand pour moi : je ressemble à un Télétubbies, à moins que je ne sois le Schtroumpf pianiste. Le professeur Gorokhoff vient me donner cours à domicile, il débarque à moto et se gare dans l'allée. C'est un colosse de deux mètres, hargneux et revêche, le contraire de Valentina. Il me dévisage avec hauteur, une pointe de mépris, me demande de jouer quelques gammes, puis se met en tête de m'apprendre la position de la mandarine. Pendant une heure, il me demande de tenir dans ma paume un fruit imaginaire, afin que mon poignet respecte une courbe idéale. Lorsque je relâche la position sans le faire exprès, il s'énerve :

— Mandarine ! Pas citron ! Mandarine ! Mandarine !

Nous ne faisons pas une seule minute de musique. Moi, la mandarine ne m'est pas naturelle. La semaine d'après, le terrible Gorokhoff m'accuse de ne pas travailler suffisamment. Je trouve ces reproches injustes et tremble chaque jour de tous mes membres à l'idée de le revoir. Au bout de trois semaines, c'est plié. Fini les cours de piano ! Je n'ai pas besoin de ce Gorokhoff qui veut me faire devenir un prodige de la salade d'agrumes.

Heureusement, je reprendrai des cours de piano quelques années plus tard, après le bac, avec Dennis Sughrue, un jazzman génial fan de Django et de Coltrane, qui enseigne à l'école de musique du village, fume dix paquets de clopes par jour et m'initie à l'improvisation. Un homme incroyable qui me redonne goût à la musique : peut-être qu'aucun apprentissage ne peut se faire sans lien affectif sincère et réciproque ? J'ai progressé à nouveau, travaillé des morceaux plus compliqués et joué la sonate *Tempête* n° 17 en ré mineur de Beethoven au concert de fin d'année.

Mon père vient m'écouter parfois le soir. Quand j'ai eu dix-huit ans, il m'a offert les partitions de Manu Chao dont j'ai les albums dans ma chambre. Il s'assoit confortablement dans son fauteuil pendant que je joue. Je le vois qui bat le rythme avec son pied pendant quelques secondes, puis il commence à dodeliner de la tête. Très vite, il se met à somnoler. Quand il se réveille à la fin du morceau, l'air embrumé et apaisé, il demande avec douceur, comme s'il n'avait pas perdu une miette en dormant :

— C'est joli… Tu jouais quel morceau ?

Une famille d'extraterrestres

Enfant différent, j'ai pourtant bien des points communs avec le reste de ma famille. En matière de capacités intellectuelles, difficile de distinguer ce qui est inné et ce qui relève de l'acquis. Assurément, une partie des « dons » vient de l'éducation, d'un environnement social privilégié, qui favorise le développement de l'intelligence et de la sensibilité. Mais il y a aussi des traits de personnalité qui correspondent peut-être à des prédispositions génétiques ? En tout cas, je les retrouve partout dans ma famille.

Mon père est un ovni. Né dans une famille nombreuse, c'est un grand taiseux, surtout quand il s'agit de sentiments. Avec mon père, je ne parle jamais beaucoup. Mais il aime faire la cuisine, et c'est comme ça, je crois, qu'il me montre son affection.

Quand il vient me chercher à l'école, il coupe en sifflotant des pommes de terre pour faire des frites et prépare un bifteck. Je le regarde plonger les patates comme un magicien dans la grosse friteuse remplie d'huile bouillante. Puis il les laisse s'égoutter dans le grand saladier couvert de Sopalin. Il ajoute une tonne de sel La Baleine (je suis d'ailleurs à l'époque convaincu que ce sont les baleines qui fabriquent le sel, ce qui me semble brillamment expliquer le fait que l'eau de mer soit salée) et ce sont les meilleures frites du monde. J'ai parfois le droit d'avoir du rab… Je garde jusqu'au soir la brûlure délicieuse du sel sur mes lèvres, comme une offrande.

Mon père cuisine sous la vieille hotte en bois. Il oublie toujours de l'éteindre car il est dans la lune. Je me demande si la hotte de mon père est la même que celle du père Noël. Est-ce qu'il transporte ses jouets dans une hotte comme ça ? J'imagine le père Noël avec sa barbe et son bonnet, une énorme hotte de cuisine sur le dos, assis aux commandes de son traîneau devant une friteuse gigantesque, préhistorique, paradisiaque, et des tonnes de frites bouillantes que des rennes aux babines pleines de sel apportent aux enfants émerveillés.

Avec les années, bien au-delà des mots d'amour qui n'ont pas été prononcés ou des silences, j'ai toujours gardé mémoire de ces frites bien grasses que nous partagions sans dire un mot, pendant qu'à la radio, un chanteur parlait de la foule sentimentale, et qu'un autre voulait qu'on le laisse déjeuner en paix.

Mon père et les maths

Mon père a d'autres pouvoirs étonnants, dont une capacité de concentration hors du commun. Il peut rester huit heures à corriger des équations du cinquante-quatrième degré. C'est un grand rêveur avec un tas de passions étranges et insolites. Par exemple, il a commencé une thèse en physique quantique… Il est aussi capable de se passionner pour des problèmes extrêmement abstraits. Il a les yeux qui brillent quand il me parle des ensembles finis et infinis. Je lui demande de m'expliquer parce que j'aime passer ces moments avec lui.

Il se lève à cinq heures du matin tous les jours et commence sa journée par un breuvage magique. Une boisson qui, dans mon regard d'enfant, est mystérieuse car elle semble réservée aux adultes : la Ricoré. Dès le matin, mon père s'enferme dans son bureau pour corriger ses copies. Il sifflote toujours quand il travaille, très joliment, comme un merle. J'aime lire ses appréciations de prof, tracées de sa belle écriture de gaucher. Souvent il ne voit pas l'heure passer, et je l'entends s'exclamer, avec ses mots d'argot que j'adore :

— Oh ! Zut ! Suis à la bourre ! Elles sont où mes clés ? Rah, j'ai pas dégivré la bagnole ! Et mes godasses, elles sont où mes godasses ? C'est pas vrai ! On perd tout dans cette foutue bicoque !

Thalassa

Le grand rêve de mon père, c'est la mer… Il rêve de naviguer sur un voilier. Il a des posters géants d'Éric Tabarly et d'Ellen MacArthur dans son bureau. Il suit de près la Route du rhum et le Vendée Globe (ou le « Vent des Globes », comme je me l'imagine alors). On ne rate jamais un épisode de *Thalassa*, avec Georges Pernoud, le vendredi soir. J'aime regarder avec mon père le générique de l'émission, très beau, avec les coquillages qui se métamorphosent en bateaux. J'essaie de reproduire la musique du générique au piano, à l'oreille… Il y a quelques années, au cours d'une dédicace d'un de mes livres, j'ai rencontré la fille du compositeur de la musique de ce générique, à qui j'ai confié qu'il avait été très important pour moi. Cette rencontre m'a beaucoup ému. Un des hasards de la vie.

À travers sa passion pour la voile, je me rends compte aujourd'hui que j'ai construit de beaux souvenirs avec mon père. Sur l'eau, c'était comme si nous avions une autre relation, que cela nous permettait de devenir plus proches. C'est drôle, c'était comme si, tout à coup, il était à son aise, qu'il parvenait à communiquer, à s'exprimer. L'exemple le plus fort de cette complicité vécue sur la mer, c'était l'été de mes douze ou treize ans. Mon oncle Pierre était marin à Raiatea, en Polynésie. On l'a rejoint là-bas, mon père et moi. Mon frère était déjà grand et ne souhaitait plus partir avec les parents. Ma mère avait peur des moustiques et a décalé son départ également. Je me suis donc retrouvé seul avec mon père, mon oncle et mon cousin Sébastien durant un mois.

On a tout de suite attrapé la dengue, une maladie tropicale qui m'a empêché de manger pendant trois semaines, et pendant tout ce temps je suis resté alité dans un hamac à rêver obstinément aux petites patates en dés de la cantine. Je n'arrivais plus à monter trois marches, j'étais crevé.

Une fois rétablis, on a pu naviguer sur le voilier de mon oncle. J'écoutais de la pop espagnole dans mon premier baladeur CD (Camela, le groupe le plus kitsch de l'histoire de la musique, que j'ai découvert grâce à mon correspondant espagnol José Luis) et je me suis baigné dans l'éclair bleu des lagons. Je me souviens de l'or aigue-marine et liquide du soleil sur l'eau. Et de la brise qui agitait doucement les vagues comme un bruissement de palmes.

Un jour, on a pris la mer et on est sortis du lagon, pour mettre la voile sur Bora-Bora. On se baignait en pleine mer quand une grosse tempête s'est déclenchée. Je nageais assez loin du bateau. Mon père, qui d'ordinaire ne dit rien, m'a rappelé tout de suite. Il criait mon prénom pour me dire de revenir :

— Vite !

J'ai commencé à nager vers le bateau et je luttais contre les vagues qui étaient de plus en plus grosses. Mais je n'avais pas conscience du danger, je trouvais ça seulement amusant.

Mon père m'appelait :

— Vite ! Reviens !

Je suis finalement rentré en hâte, j'ai nagé vers le bateau. Quand je suis arrivé à bord, mon père m'a tendu une serviette et je me suis rhabillé. Il y avait de l'amour dans cette serviette, de la survie au cœur de la tempête et un étrange lien, un lien avec mon père que, de toute ma vie, je n'ai trouvé que lorsque nous sommes seuls en mer.

L'ornithologie

Il a toujours des jumelles dans son bureau et connaît les noms de tous les oiseaux… Parfois, il sursaute comme un enfant quand il en voit un par la fenêtre :

— Oh, regarde ! Un pic-vert !

Je m'approche de la fenêtre, mon père me passe les jumelles et je colle mes yeux à l'instrument. À travers celles-ci, le monde devient un million de fois plus grand. Les jumelles ajoutent une dimension au réel. Le temps que je trouve la bonne branche, hélas, l'oiseau s'est souvent envolé. Mon père est incollable. Il peut balancer des noms d'oiseaux comme « pipit farlouse », « foulque macroule » ou « sterne pierregarin » comme si c'était normal. Cela nous fait beaucoup rire, mon frère et moi. Quand on part en vacances à la montagne, il me montre le choucas et le milan. D'autres fois, quand on se balade, c'est le martin-pêcheur et la bergeronnette. Il s'arrête aussi pour écouter leurs chants. Je crois qu'il aime les oiseaux qui n'ont que faire des frontières, qui chantent toute la journée et volent haut dans le ciel…

Mon père, comme les oiseaux, est quelqu'un d'un peu perché. C'est un malade d'effort physique et de randonnée, si bien qu'il se lance dans des défis beaucoup trop difficiles. Le week-end, il part parfois dès potron-minet pour faire le tour de la forêt des Trois-Pignons en courant. J'ai essayé de l'accompagner un jour et j'ai failli mourir cent fois ! Mon père saute parmi les rochers comme un cabri sous amphétamines… Son circuit préféré s'appelle le circuit des Quarante Bosses. Il paraît que c'est à cause des collines qu'il faut monter et descendre. Moi, les Quarante Bosses, je pense que c'est à cause de celles qu'on se fait en tombant !

Mon père a aussi un drôle de sens de l'orientation. Quand on fait de la randonnée en montagne, il adore nous faire prendre ce qu'il appelle des raccourcis :

— On va aller par là, c'est un raccourci !

En général, le fameux raccourci désigne une montée épouvantablement difficile et escarpée, ou un chemin à peine tracé parmi les marmottes. Ces raccourcis prolongent immanquablement la balade de plusieurs heures, mais je pense que ça lui fait plaisir. Il ne faut surtout pas suivre mon père quand il déclare solennellement qu'il a trouvé un raccourci. Vous pouvez être sûr que c'est un piège qui va rallonger le trajet et vous faire grimper trois cols qui n'étaient pas prévus… Sous prétexte de prendre un raccourci, mon père est capable de dévaler un pierrier à toute allure, de gravir une falaise à mains nues, de traverser un lac à la nage… Une fois, ma mère m'a raconté que lorsqu'ils étaient jeunes mariés, mon père est parti faire une promenade seul en montagne… Il est rentré à 3 heures du matin. Elle était affolée et a failli appeler les pompiers. C'est normal : mon père avait juste pris un raccourci.

Les fractales

Mais la passion la plus étonnante, la plus émouvante, la plus singulière de mon père, ce sont les dessins de fractales dont s'ornent les murs de son bureau. Mon père a un amour inconditionnel pour les fractales, des objets mathématiques bizarres et mystérieux. Je dirais que ce sont des figures géométriques, même si c'est sans doute bien plus que cela. La particularité des fractales est que leur structure est la même à toutes les échelles. Elles donnent des formes étranges qui peuvent se déployer à l'infini. Mon père a imprimé de sublimes dessins de fractales, qui me font penser à des constellations irisées ou à des galaxies étoilées. Ce sont pour moi des représentations du mystère de l'univers et de la vie. Dans chaque partie de la fractale, de l'infiniment petit à l'infiniment grand, on retrouve les mêmes détails. Mon père passe beaucoup de temps à en dessiner sur son ordinateur. Il les imprime par fresques entières aux murs de son bureau. Ces frises, absolument fascinantes et effrayantes, me font penser à l'expression de Blaise Pascal : « Le silence éternel de ces espaces infinis m'effraie… »

Je crois que mon père préfère la perfection des systèmes abstraits, celle des fractales et des mathématiques, aux relations humaines. Même un jeu comme les échecs, pourtant très abstrait, est pour lui trop aléatoire. Trop humain. La seule fois où on a fait une partie tous les deux, il a abandonné au bout de quelques coups seulement, après avoir perdu un pion sans importance.

— Allez, la puce. J'abandonne.

— Mais pourquoi, papa ? On est seulement au début.

— Mais non… Ça gâche tout ! Tout mon système d'attaque, que j'avais prévu en cinquante-quatre coups, tombe à l'eau !

Au fil des années, mon père est devenu très féru d'informatique. En plus des cours, il s'occupe du réseau informatique du lycée où il travaille. Je l'entends pester régulièrement dans son bureau :

— Ça plante !

Je le rejoins pour lui demander ce qui se passe. Mais c'est difficile de lui parler dans ces conditions. Il râle et soupire :

— Ça plante, cette machine !

Je fais semblant de m'y connaître :

— Tu es sous Windows, papa ?

— Non, je suis sous MS-DOS. Mais ça plante ! La poisse, ça recommence !

— Tu as fait Ctrl-Alt-Suppr ?

— Non, c'est complètement planté. Je vais devoir rebooter le serveur ! C'est la poisse !

Il passe des journées entières à résoudre des problèmes sur le réseau informatique. Moi, je suis heureux quand il partage ça avec moi. Un jour, il m'a fait découvrir Linux. L'informatique est une chose nouvelle dans les années 1990 et c'est extrêmement mystérieux de voir mon père derrière cette grosse boîte. Un autre jour, il a installé un joystick et on a pu jouer à des jeux vidéo avec mon grand frère.

Mon père aime tellement être derrière son immense ordinateur IBM que, pour son anniversaire, je lui ai fait un grand dessin en toutes les couleurs avec un écran, un clavier, les mots AZERTYUIOP et MS-DOS et l'inscription : « Bon anniversaire Papounet ! » Il ne m'a toujours pas dit si cela lui avait fait plaisir. Mais il l'a quand même affiché dans son bureau, au-dessus de la solitude infinie des fractales.

Ma mère est multigéniale

Ces capacités intellectuelles et cette sensibilité particulière, je les tiens aussi énormément de ma mère. Un jour en classe, j'ai dû donner le métier de mes parents. J'ai écrit : « Ma mère, elle est multigéniale ! » Je la vois comme un mélange de Marie Curie et de Frida Kahlo, ça donne une idée de sa personnalité qui n'est pas comme celle de tout le monde. Née à Madrid sous le franquisme, fille d'ouvriers espagnols, elle a eu un parcours brillant de transfuge de classe, devenant enseignante après de brillantes études, formatrice, ingénieure écologue, scientifique engagée, électron libre, et bien sûr, grande lectrice de romans…

J'ai mis toute une vie à découvrir le prénom de ma mère. Je veux dire, son prénom de naissance. Sur sa carte d'identité, c'est Marie, mais son prénom de naissance, c'est Marinieves. Quelque chose comme Marie-Neige, en espagnol. Mon père, lui, l'appelle Maria. Mes grands-parents la surnomment parfois avec tendresse la Belle Andalouse. Et moi je l'appelle Maman, tout simplement.

Ça fait beaucoup de noms pour une seule personne ! Sur mon carnet de santé – un de ces vieux carnets de santé des années 1980 où il est encore indiqué : « le lait de la mère est l'aliment idéal du nouveau-né » et « allaiter est un acte naturel qui rapproche la mère de son enfant » –, le nom de naissance de ma mère est Maria Guttierrez. Guttierrez, avec deux T. Je ne sais pas si c'est l'écriture de ma mère sur le carnet. Je crois que oui. C'est étonnant que ma mère ait écrit son nom de naissance avec deux T. Parce qu'en espagnol, il n'y a jamais deux t, ce n'est pas possible. C'est comme si ma mère ne savait pas écrire son propre nom de famille, qu'elle avait oublié sa langue natale. Elle n'a jamais non plus voulu la parler avec mon grand frère Clément et moi. J'ai ainsi deux langues maternelles, le français et l'espagnol. Mais je n'ai appris réellement l'espagnol que bien plus tard, lorsque je suis allé vivre à Madrid, durant mes études, puis lorsque je me suis lancé dans l'étude approfondie de la langue en vue de préparer l'agrégation et de commencer un doctorat de littérature comparée.

Sur le carnet de santé, il y a aussi marqué, à propos de ma mère : « née en 1954 », et le lieu de naissance : « À… ». À cet endroit-là, c'est vide. « Nationalité et pays d'origine » : vide. Il y a des vides dans l'histoire de ma mère.

Peut-être voulait-elle oublier qu'elle n'était pas née en France. Mais ce qui n'est pas accepté ni transmis consciemment revient probablement malgré tout, comme un héritage, pour les générations suivantes. Quand j'étais petit, ma mère voulait se considérer comme désormais parfaitement française et intégrée. Néanmoins, coïncidence ou pas, mes deux seuls amis dans le voisinage étaient Fernandes et Adjani, le Portugais et le Kabyle du village. Il y avait aussi Müller, un garçon qui n'était pas vraiment allemand mais qu'on appelait « le Boche » parce qu'il était très blond. On était sans le savoir une bande de villageois cosmopolites et on partait jouer au foot tous les soirs sur le terrain de la rue des Bruyères, au bout du village, en lisière de la forêt, près de la décharge municipale.

Ma mère a eu une enfance difficile. Elle n'évoque presque jamais ses premières années à Madrid sous le franquisme, ni les années de bidonville à Saint-Denis, quand elle est arrivée en France. Un jour, je me souviens qu'elle m'a raconté un souvenir d'école en Espagne. Ma mère était punie et devait se tenir les bras en croix entre les bancs, les bras couverts de livres. Pendant des heures. Il fallait faire le Christ. La bonne sœur chargée de l'éducation des filles ajoutait des livres quand elle faiblissait. Quand j'étais petit, je pensais que Franco était l'équivalent d'Hitler, mais avec le Christ et la paella en plus.

Comme mon père, ma mère a accompli un parcours scolaire exceptionnel, avec une intelligence hors normes, apprenant le français en dix-huit mois malgré la xénophobie à laquelle elle a été confrontée à son arrivée, et devenant rapidement la meilleure élève de sa classe. Elle a également une sensibilité très forte à la nature, et un tas de passions dévorantes et étranges, comme la botanique. Dans son bureau, elle a des volumes entiers sur la flore de l'Espagne et de la France, des dizaines de livres consacrés aux plantes, une table avec une loupe, des herbiers… Quand on se promène en forêt, elle me montre certaines fleurs. Elle m'apprend aussi le nom latin des mousses. *Hypnum cupressiforme… Polytrichum formosum… Dicranum scoparium…* J'apprends à identifier les principales variétés de mousses ; l'hypne cyprès, qui couvre d'un léger velours le tronc des arbres, le polytric élégant, qui tapisse les rochers et ressemble à une forêt d'étoiles, ou le dicrane en balai, avec ses minuscules feuilles délicates et recourbées. J'apprends ces noms sous la houlette de ma mère, et parfois M. Gouraige, son ancien professeur à l'université, nous accompagne. Moi, jeune Padawan, j'essaie de les impressionner en retenant les différentes variétés de mousses et leurs noms latins. Plus tard, je veux être un grand savant, comme mes parents !

Les grands-parents

Mes grands-parents maternels étaient ouvriers, ils habitaient une tour de quatorze étages à Pantin. Ma grand-mère, Josefa, faisait des ménages puis a travaillé comme cuisinière dans une crèche. Mon grand-père, Fernando, était ouvrier, il était très malade des poumons et fumait en cachette dans les W.-C., ce qui mettait ma grand-mère en fureur. Ils habitaient au dernier étage de la tour HLM. On allait les voir tous les dimanches et, quand on prenait la voiture pour y aller, le périphérique avec les murs antibruit m'impressionnait beaucoup. Ma grand-mère Josefa parlait en espagnol avec mon grand-père, elle jurait dans cette langue aussi :

— *Me cago en tu madre !*

J'adorais ces insultes soudaines qui fusaient comme des formules magiques, des imprécations de vieux grimoires. Je les répétais sans les comprendre, en langue yaourt.

Ma mère parle français sans accent, mais elle a gardé des traces de sa langue maternelle. Elle n'a jamais été capable de prononcer des mots comme « crocodile », qu'elle prononce « cocodrile ». J'ai longtemps cru que cet animal s'appelait le « cocodrile », le « cocrodile » ou le « crocrodile », parce que ma mère n'arrivait pas à le prononcer correctement, sans doute à cause de la confusion avec le mot espagnol qui est *cocodrilo*. Cocodrile. La langue espagnole restait quelque chose de réservé à mes grands-parents. Jamais ma mère ne m'a parlé en espagnol. Elle fait partie d'une génération qui, pour s'intégrer, a renoncé à ses origines. Pour elle, je pense que ç'a toujours été quelque chose comme un manque, une douleur enfouie, une honte bien cachée à l'intérieur.

« Toi qui as des facilités »

Cette question des origines étrangères est revenue à l'adolescence, à l'âge où l'on a souvent des interrogations brûlantes sur son identité. Au lycée, je trouvais ça flou quand les professeurs parlaient des « immigrés » et des « flux migratoires ». Je n'ai jamais réussi à distinguer ces catégories qui faisaient l'objet d'explications très sérieuses dans les manuels scolaires, « l'émigration » et « l'immigration ». Chaque concept avait droit à une page différente, bien séparée, d'un côté il y avait le principe de l'émigration et, de l'autre, l'immigration. Je ne parvenais pas à comprendre. C'est les mêmes gens, au final, non ? La prof d'histoire-géo, en première, Mme François, m'a repris un jour avec consternation :

— Déjà, Olivier, on ne dit pas « au final », mais « en fin de compte ». Et, si, « émigrés », c'est du point de vue de ceux qui partent ! Et « immigrés », c'est du point de vue de ceux qui arrivent. C'est incroyable que tu ne comprennes pas ça, toi qui as des facilités ?

« Moi qui avais des facilités », je ne percevais toujours pas la différence, mais je n'ai pas voulu faire de peine à Mme François, alors j'ai fait semblant d'acquiescer. Quel mot je devais adopter, moi, pour ma mère et mes grands-parents ? Ils étaient du côté de ceux qui partent, ou du côté de ceux qui arrivent ? Un jour, je suis revenu à la charge et Mme François a commencé à s'agacer.

— Mais non ! Il faut que tu te mettes du bon point de vue.

Le bon point de vue ? Je voulais bien adopter le bon point de vue, mais rien à faire, émigrés, immigrés, c'étaient les mêmes personnes. J'avais une imagination bornée ou très romantique, comme on veut, et pour moi il y avait surtout des « exilés », quel que soit le pays où l'on se place. Des gens loin de leur pays, quoi. Comme Lucky Luke, quand il chante : « *I am a poor lonesome cowboy and I am a long long way from home…* » Voilà, en matière d'identité ethnique, je m'identifiais à Lucky Luke.

Ce qui clochait dans tout ça, c'était que ma grand-mère ne disait jamais une immigrée, elle disait toujours émigrée. Même qu'elle chantait une vieille chanson espagnole qui disait :

Je suis une pauvre émigrante
Quand je suis partie de mon pays
Avec le drapeau à la main…

C'était à n'y rien comprendre. Ou bien Mme François disait n'importe quoi, ou bien c'était Josefa qui n'était pas très douée en histoire-géo. Ma grand-mère, ça faisait quarante ans qu'elle travaillait en France, elle s'entendait bien avec tout le monde et elle serait restée du

« mauvais point de vue » ? Ça alors ! J'ai commencé à ne plus faire confiance à Mme François et mes résultats ont dégringolé dans sa matière.

Mais, au moins, grâce à elle, c'était une des caractéristiques de la France que je découvrais : en matière d'à peu près tout, il y a un bon point de vue et un mauvais… Il faut croire que j'ai grandi du mauvais point de vue, donc ; celui de ma grand-mère Josefa, de son amour méditerranéen et absolu comme l'Espagne, de sa générosité, de son sourire, de son inépuisable mauvaise foi, de sa tendresse âpre, de sa malice, de sa gouaille et de son franc-parler, de sa faculté à raconter la même histoire trente-six fois avec la même énergie, de ses couscous qui auraient pu nourrir des régiments entiers, de sa langue unique, un mélange de français et d'espagnol qui était comme un autre couscous, un couscous de langues… Toutes ces interrogations n'avaient rien à voir avec mon sentiment d'appartenance à la France. Je me sentais pleinement français. Mais j'étais un enfant qui n'avait pas le bon point de vue. J'ai toujours trouvé qu'il n'était pas si évident que ça, le bon point de vue.

Le couscous de Josefa

J'ai un lien très fort avec mes grands-parents, en dehors de mes parents ce sont les seuls adultes avec qui je passe régulièrement des moments heureux ; c'est un grand bol d'air. Il faut dire que mes parents sont des solitaires et n'ont pas beaucoup d'amis communs. En tout cas, s'ils en ont, leurs amis sont bien cachés (peut-être rangés au garage entre les vélos et la tondeuse ?), car personne ne vient jamais à la maison.

Parmi les choses qui font battre mon cœur d'enfant, il y a les dimanches que l'on passe dans le HLM de mes grands-parents. Ma grand-mère prépare le couscous. Je n'ai jamais vu autant de nourriture dans ma vie. Parfois mon grand-père invite tous ses collègues de l'usine. On parle toutes les langues du monde. Le couscous de ma grand-mère, c'est de la chaleur dans le ventre et un lien entre les cœurs.

Après le déjeuner, on regarde *Dimanche Martin* avec un monsieur qui s'adresse à des enfants comme s'ils étaient demeurés – c'est incompréhensible que ces enfants-là ne se révoltent pas, ils doivent être drogués comme les chevaux des picadors à la corrida. Je regarde aussi le tennis à la télévision avec mes grands-parents. L'autre jour, c'était la finale de Roland-Garros entre Bruguera et Berasategui. Ce sont deux Espagnols qui se renvoient la balle sans trêve pendant des heures avant que l'un des deux ne finisse par marquer un point. Il faut des centaines de points pour gagner le match. Mon grand-père rigole et dit qu'ils feraient mieux de tirer à la courte paille.

On regarde aussi les feuilletons avec mon grand frère et c'est ce que je préfère. Je me mets sous la table et on regarde *MacGyver*. À l'heure de la sieste, pendant que je digère le couscous sous la table, au treizième étage de la tour HLM de la cité des Courtilières, MacGyver, lui, marche dans les flammes et réalise à l'autre bout du monde des missions incroyables pour le compte du vieux Pete. Il est capable de fabriquer un hélicoptère avec des trombones à coulisse et du papier cadeau. Tout cela avec une élégance inouïe.

Quand l'après-midi se prolonge, on regarde aussi *Une famille en or* ou *Questions pour un champion*. J'ai pas mal de réponses et ma grand-mère me dit qu'un jour, je devrais me présenter. Dans ma tête, je lui en fais la promesse.

Une fois à Noël, j'ai aussi rencontré *la tia* Tomasa, la grande sœur de ma grand-mère Josefa. Quand mes grands-parents sont partis en France en 1963, la tante Tomasa a accueilli ma mère à la maison à Madrid. Elle travaillait au grand marché aux fruits et légumes de Legazpi, déchargeait des cageots. Ma mère adorait ses poivrons frits. Son premier mari a été fait prisonnier le dernier jour de la guerre d'Espagne en 1939. Fusillé quatorze jours plus tard. Elle a eu le courage d'aller demander sa grâce au ministre des Armées franquiste. Elle avait dix-neuf ans. Ça n'a pas suffi. Son premier enfant a sauté sur une mine en voulant jouer avec.

Aujourd'hui, c'est une vieille dame. Très belle. Elle m'impressionne beaucoup. Je suis allé à Madrid avec ma grand-mère, pendant les vacances, et on a dormi dans son minuscule appartement de la *calle* Jaime-el-Conquistador, près du stade de foot Vicente-Calderon à Madrid. Chez elle j'ai mangé mes premiers churros, c'est dire son importance dans ma vie. Avec beaucoup de sucre, s'il vous plaît. Grande dame.

Les moments passés avec mes grands-parents sont parmi les plus beaux de mon enfance. Un été, je passe une semaine à Quiberon avec eux. Je vais au cirque pour la première fois. C'est magique et j'applaudis à tout rompre. Je demande à ma grand-mère Josefa si je peux aller libérer le tigre. Elle menace de « *dar me una hostia* » (*i.e.* me flanquer une sacrée dérouillée !) et je me ravise. Mon grand-père dit que si je m'approche trop, le tigre va me dévorer comme une merguez.

Dans la petite location, on écoute Radio Espérance avec ma grand-mère qui est très croyante. Il faut dire que c'est la seule fréquence qu'on arrive à capter. Je suis ignorant car mes parents athées ne m'ont jamais inscrit au catéchisme. Un gros tube passe en boucle : « Et Jésus le fruit de vos entrailles est béni… » Je sais pas qui c'est, Vozantraï.

Dans la rue, on joue à regarder dans le caniveau pour trouver des pièces de monnaie. Une fois j'ai trouvé dix centimes, pour fêter ça ma grand-mère m'a offert une glace à la vanille. Mon grand-père Fernando adore faire des blagues. À la plage, en creusant dans le sable, je trouve un billet de 50 francs à l'effigie de Saint-Exupéry. Je suis fier d'avoir déniché un trésor : je n'en reviens pas ! Comme je commence à remuer tout le sable de la plage, mon grand-père m'avoue la vérité. C'est lui qui a caché le billet. On éclate de rire. Il m'a bien eu.

Le dimanche, ma grand-mère m'emmène à la messe. Je ne comprends pas tout ce que dit le prêtre, mais heureusement tout le monde commence à chanter *Je vous salue Marie* et je hurle à pleins poumons avec ma grand-mère. Ensuite, il y a distribution de biscuits gratuits alors je fais la queue avec tout le monde pour recevoir l'hostie. C'est moins bon que le pain perdu au caramel de ma grand-mère mais le principe du goûter d'anniversaire le dimanche matin, c'est vraiment une bonne idée. Le Christ est un copain intéressant, ça m'étonne qu'on ne m'en ait jamais parlé à l'école. On n'est pas sérieux quand on n'a que sept ans.

J'apprends aussi à jouer aux échecs avec mon grand-père. Même s'il est de plus en plus malade et se déplace avec une bouteille d'oxygène. Un jour, je suis parvenu à remporter une partie. Il a un drôle de sourire, comme s'il m'avait laissé gagner. Et il m'a dit, les larmes aux yeux :

— Bravo, mon garçon ! Tu seras un grand champion !

Mon grand-père Fernando est mort quelques semaines plus tard, laissant un trou immense dans mon cœur. Comme dit le philosophe Vladimir Jankélévitch, « la mort est toujours jeune ». Pourquoi ce sont les meilleures personnes qui partent le plus tôt ? Je ne me suis jamais remis de sa disparition. Je continue parfois à lui parler. Je sais qu'il est aux paradis parmi les anges, une cigarette au bec, il sourit, il joue aux échecs avec saint Pierre, et il s'exclame parfois en espagnol : « *Joder !* »

Il y a aussi les grandes vacances d'été en Bretagne, chez mes grands-parents paternels. Ils habitent dans le Finistère, près de la pointe du Raz, qui se prononce comme la pointe du Rat. Leur maison est perdue au milieu de la lande, au bord de la mer et des falaises, comme un phare solitaire qui se dresse face à l'immensité de l'océan. Mon grand-père écoute de la musique classique toute la journée et c'est lui qui me fait découvrir, quand je suis encore petit, Schumann et Schubert. On prononce « chou man », comme kouign-amann, et « chou bert », comme camembert. Je confonds les deux, d'autant que je trouve ces noms de légumes mal choisis pour du piano. Mon grand-père parle aussi du compositeur Gustav Mahler, dont le nom ne présage rien de bon si je me fie aux adultes qui répètent : « Parle pas de Malher ! »

Mes grands-parents bretons ont un jardin avec des arbres très hauts, j'adore y grimper de branche en branche, c'est facile de monter, et beaucoup plus dur de redescendre. Une fois, mon père a dû venir me chercher tout en haut d'un pin où j'étais bloqué. C'était incroyablement excitant de rester longuement dans les arbres, à califourchon, dans l'odeur puissante de la résine de pin… Il y a aussi une pelouse avec des balançoires pourries par l'humidité qui servent de buts quand on joue au foot avec mon grand frère, et une friche qu'on appelle « le petit bois », terrain de toutes les explorations…

Pour le dessert, j'ai le droit à une glace. Mon parfum préféré, c'est pistache ou cassis, les glaces sont rangées dans un congélateur dans le cellier. J'aime le mot « cellier » que je n'entends que dans la bouche de ma grand-mère… Est-ce qu'elle a inventé le concept, ou est-ce que d'autres gens ont un cellier chez eux ?

Quand on rentre de la baie des Trépassés, j'aime cueillir des fleurs sur le bord du chemin, elles ont de grandes ombelles magnifiques. Je les tiens longtemps entre mes mains, elles sont belles et abritent souvent de petits insectes en leur centre…

Mon moment préféré, c'est après le déjeuner, quand je vais dans le jardin qui donne sur la mer. Je monte sur la vieille balançoire en bois, dans l'air du grand large chargé d'iode et d'embruns. Je respire à pleins poumons l'odeur des aiguilles de pin, je m'élance entre l'herbe et le ciel, entre le ciel et la mer, entre la mer et l'éternité, entre l'éternité et les brins d'herbe, de plus en plus vite, jusqu'à ce que je ne sente plus mon poids sur mon fragile navire de bois. Alors je ne pense plus à rien, mon cerveau s'arrête de tourner, et je suis parfaitement heureux.

Mon frère

Mon grand frère Clément, lui, c'est le sport qui l'intéresse. On passe notre vie à jouer au ballon dans le jardin, même si parfois on massacre un iris, une jacinthe ou un crocus innocent, ce qui rend ma mère furieuse. Clément a quatre ans de plus que moi :

— Quatre ans et un mois, minus ! C'est moi le plus grand !

J'aime mon grand frère plus que tout au monde. Clément fait du ping-pong en club, et dans sa chambre, il y a une pile de journaux *L'Équipe* qui monte jusqu'au plafond. C'est un peu comme la tour de Babel du journalisme sportif. Il lit aussi *France Football* et *Onze Mondial*. Clément est incollable sur à peu près tout ce qui concerne le football, le basket, le rugby, le handball, le volleyball, le tennis, le tennis de table, la Formule 1, le rallye automobile, le karting, le judo, le taekwondo, l'escrime, le cyclisme sur route, le cyclisme sur piste, la natation, l'athlétisme, le ski alpin, le golf, le biathlon, le saut à ski, la boxe, le rafting, le canoë-kayak, le marathon, l'hippisme, le curling, le hockey sur glace, le karaté, le foot en salle, le rugby à treize… Bref. Honnêtement, il a peu de lacunes. À part peut-être le patinage artistique et la danse sur glace. Tous les dimanches on regarde *Stade 2*, la grand-messe des amateurs de sport.

Quand il y a un match de rugby à la télévision, il pousse des cris effrayants, comme si sa vie était en jeu :

— Allez Brive ! Allez Toulouse ! Allez le Quinze de France ! Oui ! Ntamack ! Essai ! Essai de Dominici ! Essai de Dominici ! Pénalité ? Pénalité ! Pénalité ! Comment ça, pénalité ? Il y a en avant des Anglais, oui ! Le ballon n'est même pas passé entre les poteaux ! Ça se voit au ralenti ! Cet arbitre est une honte ! C'est du vol ! Monsieur Fleming… C'est un escroc, monsieur Fleming ! Un escroc !

L'autre jour on a regardé la finale du championnat d'Europe de basket. Victoire légendaire du CSP Limoges de Richard Dacoury, Frédéric Forte, Jim Bilba et Jimmy Vérove contre le Benetton Trévise de Toni Kukoc :

— 59-55 ! Quelle victoire !

Mon frère est avant tout supporter de l'Élan Béarnais Pau-Lacq-Orthez et de son géant Gheorghe Muresan qui fait 2,31 mètres. Clément a l'ambition de devenir aussi grand que Muresan. Le dimanche, c'est la Formule 1, avec l'imbattable Michael Schumacher qui arrive toujours en tête avec sa Ferrari :

— Quel dépassement de Schumacher sur Mika Häkkinen… Et David Coulthard qui s'arrête aux stands ! Pour le changement de pneus ! Rubens Barrichello va laisser passer son coéquipier, la stratégie des Ferrari est discutable !!!

Mon frère est un garçon capable de se lever la nuit pour écouter avec un casque la retransmission en direct des cinquante-trois tours du Grand Prix de Suzuka. Il écoute aussi beaucoup de musique sur son walkman. Mais pas du tout le même genre que mon père sur Chérie FM ou RTL 2. Lui, il écoute Téléphone, et à Noël, il met les albums à fond sur la chaîne hi-fi :

Cendrillon pour ses vingt ans
Est la plus jolie des enfants...

Il y a aussi Nirvana et les Smashing Pumpkins. La chanson préférée de mon frère s'appelle *Bullet with Butterfly Wings*. Le chanteur des Smashing Pumpkins proclame qu'il est fils unique, comme Jésus :

Tell me I'm the only one
Tell me there's no other one
Jesus was an only son
Tell me I'm the chosen one...

Bref. Si mon frère veut être le fils unique, je n'ai pas intérêt à le dépasser en taille...

Pour le football, Clément est supporter du club de l'AJ Auxerre, et moi de l'AS Monaco. Quand Auxerre joue un match, les cris de mon frère retentissent dans toute la maison :

— Allez l'AJA ! Allez ! Allez allez allez ! Allez ! Allez ! Allez allez allez ! Allez !

Le samedi soir, on ne rate pour rien au monde le Multiplex sur Europe 1 :

— Eugène Saccomano, en direct du Vélodrome...

Une voix, reconnaissable entre toutes, hurle dans l'antenne :

— Oh ! Oh ! Oooooh ! Oh là là ! Qu'est-ce qu'il nous a fait là, Sonny Anderson !

Les commentateurs s'interrompent joyeusement les uns les autres :

— Pénalty à La Beaujoire ! Faute indiscutable sur Patrice Loko ! L'arbitre M. Colombo désigne le point de pénalty !

— Ça chauffe ici aussi entre Caennais et Cannelle ! Cannais ! Euh, entre Cannois et Caennais ! Caen-Cannes, toujours 0-0 ! Au bout de vingt minutes de jeu !

— On file au stade Bonal à Sochaux…

— … et doublé pour Victor Ikpeba au stade Louis-II !

Un hurlement fait exploser le petit transistor de mon frère :

— Ouverture du score au Vélodrome !!! Sonnyyyyyyyyyy… Anderson !

Le Multiplex de foot sur Europe 1, c'est beau comme un prélude de Bach joué par des gorilles en chaleur.

Une fois, quand mon frère a eu le permis, on est même allés voir un match à Auxerre, au stade de l'Abbé-Deschamps. C'était beau quand Djibril Cissé a coiffé toute la défense de Rennes et qualifié l'AJA pour la finale de la coupe de France.

Ce qui est sûr, c'est que, comme moi, mon grand frère est un peu différent. Il a une personnalité hors normes, avec une mémoire hors du commun. Je ne sais pas d'où vient sa passion pour le sport. Mon père, lui, n'a aucun intérêt pour ce domaine. Un jour, il nous a expliqué que la façon de tirer les penaltys n'obéit à aucune logique d'un point de vue mathématique :

— Pour tirer un penalty, le mieux serait de tirer au sort afin d'optimiser la variante stochastique aléatoire des ensembles vides à grande probabilité. C'est le meilleur moyen de marquer !

Quant à ma mère, tout l'intérêt du football tient dans la pelouse, avec des considérations strictement botaniques :

— C'est dommage de ne pas laisser pousser le gazon, il y aurait des fleurs merveilleuses sur le terrain…

Dans la famille, je crois que nous sommes tous un peu… différents. Nous avons certains points communs dans notre manière de fonctionner, mais pas tout à fait les mêmes centres d'intérêt. Contrairement à moi, par exemple, mon grand frère n'aime pas beaucoup lire des livres. Je pense même que la littérature est la chose qu'il déteste le plus au monde, juste après l'arbitre M. Fleming.

Hypermnésique

J'ai eu une enfance heureuse. De celle-ci, il me reste en mémoire un grand chaos d'images et de sensations. Comme si l'enfance était un vaste poème, ou un film infini qui ne s'arrêterait jamais…

Mais je me souviens de la maison de mon enfance, des feuilles mortes dans la forêt par les soirs d'automne, de l'immense bousculade de la vie qui commençait, des sous-bois de callunes, de ma mère triste errant dans la maison, de sueurs nocturnes et de mes premiers poèmes.

Je me souviens de l'émotion d'être au monde et de la découverte des livres : Tolkien, Victor Hugo, Agatha Christie. Je me souviens des quotidiens tristes comme des comprimés pour la fièvre, du sirop au goût âcre que ma grand-mère me fait avaler, des trèfles à quatre feuilles que je cherche dans la pelouse du jardin. Je me souviens de la collection de minéraux de ma mère, des grumeaux de pâte que je lèche sur la cuillère dans la cuisine, de l'éternité d'un coquelicot dans un champ du Midi, de flaques de boue sur les chemins de terre pleines de feuilles mortes et de reflets dorés, de milliers de faînes qui tombent des érables et de la folle envie d'embrasser Octavie à sa fête d'anniversaire dans la splendeur immortelle de mes sept ans, d'une petite route départementale qui nous emmène à la ville, Melun, avec sa bibliothèque municipale et ses canards colverts.

Je me souviens du feuillage des arbres du jardin et de la fureur vaine de mes chagrins d'enfant, surtout quand je perds à un jeu de société, d'une table de jardin où ma grand-mère apprend à jouer aux échecs avec mon grand-père, et des premiers pleurs devant les oignons, et du parfum amer de la bière que buvaient les adultes les soirs où il y avait des croque-monsieur à la maison et alors je repérais l'appareil bien longtemps à l'avance, un vieil appareil orange en fer-blanc et je savais que c'était jour de fête, et de la mousseline des rideaux de la salle à manger, le paradis de mousseline où je pouvais m'envelopper et faire des tours sur moi-même jusqu'à ne plus savoir où commençait mon corps et où commençait l'envol blanc du tissu, et tout le cinéma muet de l'enfance, les plantes qui grandissent elles aussi, et les gens sur France Info qui parlaient des « propositions soumises à l'expertise économique »…

Je me souviens d'un jardin plein de racines et de terre et de la frondaison des cerisiers, et du houx à l'ombre de la maison qu'il ne faut surtout pas abîmer sinon c'est très grave, il ne fallait surtout pas abîmer le houx, je me souviens de la fureur de l'enfance et des ridicules de l'enfance, des crépuscules de verroterie un peu carte postale à l'arrière de la maison et des splendides villes de banlieue traversées à l'aurore quand on part en vacances, la gare de Bois-le-Roi qui est le centre de l'univers. Je me souviens du soleil familier au-dessus des rues du village quand je vais chercher le pain à vélo et que je dois dire bonjour à la boulangère, une drôle d'aventure dire bonjour à la boulangère, tellement intimidante avec son gros chignon que je ne sais plus où me mettre et alors j'attends que la baguette soit cuite pour récupérer la monnaie et partir le plus vite possible, je me souviens de cette joie très ancienne de vivre et des lichens qui râpent les mains sur les rochers quand on les caresse et de la drôle de sensation qui reste dans la paume, des iris flamboyants et des ciels superbes, et de ce petit lotissement où toutes les maisons sont identiques mais la mienne n'est semblable à nulle autre, c'est un palais cette maison, parce que c'est notre maison et aucune autre…

Je me souviens de la mort sur le visage de ma mère, ma mère morte au monde, étendue face contre terre sur le tapis, quand mon grand-père est mort.

Je me souviens que je me balance toujours sur ma chaise, je ne peux pas m'arrêter de me balancer, je ne veux pas arrêter.

Je me souviens de la férocité des choses, de la cueillette des groseilles et des piqûres des ronces et des orties, de la radio dans la cuisine qui passe du Francis Cabrel, *Je t'aimais, je t'aime et je t'aimerai.*

Je me souviens de tout.

Et puis au-dessus de tout, il y a la solitude, avide et rapace, qui m'assomme toutes les nuits avec trente-six chandelles, un rouleau à pâtisserie, des astres de toutes les couleurs et un déluge d'onomatopées comme dans les bandes dessinées que je lis dans mon lit, en cachette, pour conjurer la peur du noir…

Tout ça, c'est l'enfance. Je crois que ça ne peut pas se raconter en partant d'un point A et en arrivant à un point Z. Mon enfance, c'est tout apprendre. Ébrécher, trahir, ouvrir, donner, recueillir, aimer, s'envoler, partager, attendre, aimer, dormir, mourir, pleurer, chérir, jouir, perdre, grandir, marcher, souffrir, rêver, vivre, user, naître. Et le mystère de ces petits granulés blancs appelés « polystyrène ». Le cacao en poudre du matin et le Nesquik de mon quatre-heures. La géographie intime de l'angoisse. Le corps qui change de jour en jour et semble façonné dans une argile étrange. La lecture des *Trois Mousquetaires*, avec la fascinante Milady de Winter, qu'il faut interrompre pour transporter une brouette de fumier dans le jardin... La fraîcheur de l'oreiller les matins d'été, et la démence du vieux noisetier du jardin qui semble chanter des chansons quand le vent bruit dans ses feuilles, et ce goût de noisette encore, sur la langue...

Dans la cuisine, je dispose un peu de margarine sur la margelle de la fenêtre, et les petites mésanges bleues du jardin viennent la picorer avec prudence.

Mon père rapporte de Leclerc des énormes boîtes de croissants industriels que j'adore, des boîtes de vingt. Je grimpe sur la chaise de la cuisine, et, sur la pointe des pieds, je parviens à atteindre le haut de l'armoire où ils sont rangés. J'ouvre le petit bitoniau en plastique, j'en chipe un avec gourmandise et je referme le couvercle. Je me goinfre en cachette, ensuite je ramasse les miettes qui traînent, j'ouvre la fenêtre de la cuisine et je donne à manger aux mésanges.

Années collège

À mon entrée au collège, tout change. Pour commencer, mes parents commencent à s'éloigner un peu et à se faire davantage la gueule. Ma mère reprend ses études tout en travaillant à temps partiel, mon père aussi travaille du matin au soir. Je préférerais qu'ils se crient dessus, ce serait plus marrant : comme à la radio les soirs de Multiplex, sur Europe 1, quand les journalistes s'interrompent joyeusement les uns les autres, et que le type de Nancy gueule sur le mec de Caen parce que Strasbourg a ouvert la marque contre le cours du jeu, et soudain le mec de Marseille hurle sur tout le monde parce qu'il y a pénalty… mais soudain, but à La Beaujoire : triplé de Victor Ikpeba pour Monaco !

À table, personne ne s'écoute vraiment. Ma mère parle beaucoup de nature et d'écologie, mon père rêve en silence de la mer et mon frère s'énerve sur l'arbitrage du test-match de rugby France-Australie. Pourtant, par je ne sais quel théorème mathématique inconnu, mes parents continuent de faire comme si tout était normal.

Au fil des années, l'ambiance devient de plus en plus désastreuse à la maison. Mon grand frère Clément entre au lycée, il n'a pas de très bons résultats et cela amène de l'anxiété et de la tension. Mes parents ont peur qu'il rate son bac. Lui semble dans une souffrance de plus en plus palpable. Je l'aime et j'aimerais qu'il aille mieux. Il m'insulte beaucoup, m'humilie souvent. Je vis l'enfer au quotidien. Il me traque dans tous les coins, éteint la lumière quand je suis aux toilettes, trouve mille occasions de faire régner la terreur dans mon esprit. Les mots que j'entends le plus souvent sont *gros naze*, *tu pues*, *tu te laves jamais, gogol* ou *le nain*. Quand je joue du piano, il dit systématiquement *tu sais pas jouer* et m'expulse du salon pour regarder la télévision. J'ai peur en permanence, je ne me sens jamais tranquille à la maison et cela m'épuise. Je suis en constant état d'alerte. À tout moment, il se rue sur moi pour me mettre par terre dans un simulacre de combat de judo. Il pénètre n'importe quand dans ma chambre et me donne un grand coup sur le crâne avec son journal *L'Équipe*. Je me débats et j'appelle au secours. Mes parents, eux, sont persuadés que c'est normal. Ils pensent que leurs enfants s'amusent comme des petits fous à des jeux innocents. Ils pensent qu'on est simplement en train de « se chamailler ». Pourtant, la nuit, je fais pipi au lit et des cauchemars de plus en plus souvent. Je commence à vivre dans un état d'anxiété, de panique, d'oppression et de stress. Je développe des symptômes que j'apprendrai plus tard à reconnaître comme du stress post-traumatique : je m'arrache compulsivement les cheveux, je me sens honteux et crade, je fais des insomnies… Mes parents travaillent beaucoup tous les deux. Ils ne mesurent pas ce mal-être. Peut-être est-ce quelque chose qu'ils ne devinent pas. Quelque chose qui n'est pas écrit dans les livres de maths.

Peu à peu, avec l'entrée au collège, j'arrête de jouer du piano. De lire. La fin de l'enfance, c'est toujours quand on arrête de faire de la musique.

Au collège, être différent est un fardeau. Anton Tchekhov, le grand écrivain russe, a écrit cette phrase après être rentré du bagne de Sakhaline, en 1889 : « Qui est allé en enfer voit les hommes d'un autre regard. » Moi aussi, j'ai connu un petit enfer minuscule à partir du collège. Enfant gâté et protégé, c'est à cette époque que je découvre la souffrance et la cruauté. Et c'est aussi là que j'ai su que, plus tard, je ne ferais pas la même chose que les autres. Je serais écrivain.

Le collège Denecourt est un petit collège de banlieue comme les autres. Dans mon village, à dix minutes de la maison. J'ai de grosses lunettes, alors le premier jour, les autres me donnent ce surnom qui ne me quittera plus : « la Binocle ». Je me souviens du préau, où les autres forment des cercles. Moi, j'essaie d'en faire partie pour écouter ce qu'ils disent mais ils jouent des coudes pour m'empêcher de me faire une place. L'appartenance est refusée. À chaque récré, sous le préau, je me glisse sur la pointe des pieds, cherchant en vain à faire partie du cercle, qu'on me laisse y entrer… en pure perte ! C'est comme dans la chanson de Khaled : « Comme si je n'existais pas » !

Le harcèlement commence par des mots, des surnoms, prononcés sans gentillesse : « la Binocle », parfois « Père Castor » à cause de mes dents en avant ou « l'Intello ». Jamais je ne me suis senti plus en décalage, avec mes lunettes violet fluo achetées au magasin Balouzat de

Melun. Je suis extrêmement myope, héritage génétique… Et les enfants de cet âge remarquent toutes les différences. Pas de pitié.

Constamment, dans la salle de permanence (la salle de « permanence » porte bien son nom, si vous me suivez…), les autres se moquent de moi lorsque j'essaie de me réfugier dans un bouquin :

— La Binocle !

J'ai honte d'être la Binocle. Je demande à mes parents de m'emmener chez l'ophtalmo. Je veux porter des lentilles de contact. Mais avec les lentilles, mes yeux sont secs. Je ne les supporte pas. Et puis c'est si difficile de les mettre et de les enlever, je dois appuyer légèrement sur mes globes oculaires comme si c'étaient des litchis au sirop. Mes paupières se ferment par réflexe. Quand elles sont enfin mises, les lentilles me font très mal. J'ai les pupilles fixes et les yeux écarquillés. Avoir ce regard un peu fou… ça n'arrange rien ! Chaque matin, je panique avec mes lentilles. Il y a un bon sens et un mauvais sens. Le bon sens ressemble à une assiette, m'a dit l'ophtalmo, le mauvais sens ressemble à un bol. Bonjour pour faire la différence ! Bol, assiette, bol, assiette, bol, assiette ? Je pose la lentille à plat sur mon doigt en me demandant si elle est à l'endroit ou à l'envers. Je les mets, les enlève, les remets, c'est un supplice oculaire, presque aussi désagréable que lorsque mes parents me forcent à manger du poisson pané. Quand une de mes lentilles tombe pendant la journée, en classe, je tâtonne carrément dans les couloirs et ne vois plus rien. Je m'habitue même à dormir avec pour m'éviter tous ces désagréments. J'arrive avec les yeux rouges, comme si j'avais fumé dix joints… Les lentilles, quelle mauvaise idée, c'est presque aussi mauvais dans les yeux que dans la casserole, les lentilles, je déteste ça !

Ravages de la colère

Dans la cour de récré, je m'entraîne pour le cross du collège. J'adore la course d'endurance, où je suis l'un des meilleurs de la classe, avec Karina et Elena, deux filles qui font de l'athlé. Alors je m'entraîne sur la pause de midi en courant dans la cour... C'est reparti avec les moqueries débiles :

— Cours, Forrest !

Les blagues ne s'arrêtent jamais. Affolé, je continue tout de même à courir en rond autour de la cour de récréation, sous les hourras des autres enfants :

— Cours, Forrest ! Cours !

Je ne sais pas de quoi ils parlent de toute façon. C'est qui, Forrest ? Je ne vais jamais au cinéma avec mes parents. Mon sentiment d'exclusion est redoublé par le fait que je ne comprends même pas la référence. Je me dis : « Quelle langue peuvent bien parler ces autres enfants ? Dans quel monde vivent-ils, différent du mien ? » Je les ignore et continue à courir. Les rires reprennent de plus belle. Peu à peu, je finis par avoir le sentiment que le monde entier me regarde courir et rigole.

Pire encore, le grand jour du cross du collège, je n'arrive que quatorzième, loin de mes espoirs de podium. À l'arrivée, on a tous droit à un gobelet de chocolat chaud. Moi, je voulais gagner pour faire taire les critiques. Je me fous du chocolat chaud. En larmes, je prends une de mes baskets à scratchs et la lance le plus loin possible. Personne ne comprend cette réaction, que l'on trouve bien colérique et excessive de la part d'un enfant aussi doué à l'école.

C'est le début d'une émotion terrible, tyrannique et toute-puissante, qui va entrer en moi et m'accompagner pendant de longues années. Me prendre en otage. La colère. Quand on la ressent aussi jeune, avec autant d'intensité, la colère finit par détruire de l'intérieur. Pour survivre, il est nécessaire de la transformer en révolte, en joie, en rage positive. Pour moi, cela a été en trouvant ma voie dans l'écriture. Cette colère est devenue en moi, au fil des années, une rage de vivre, une volonté de me battre et de m'engager pour comprendre, témoigner, donner du sens à ce qui a été vécu.

Mais pour l'instant je suis un enfant en colère, et un jour, je veux prendre ma revanche.

Le corps

Comme si ça ne suffisait pas, le décalage corporel accentue mon sentiment de différence. J'ai redoublé une classe en primaire, à la demande de mes parents, mais ça me laisse encore un an d'avance. Les cours d'EPS me donnent envie de mourir. C'est la honte absolue. Se suspendre aux espaliers du gymnase pour faire des tractions ? Et pourquoi pas aller sur la Lune, aussi, pendant qu'on y est ? Le prof de sport s'appelle M. Martel. C'est quelqu'un de gentil, il voit bien que je n'y arrive pas et fait ce qu'il peut pour me remonter le moral. M. Martel supporte le club de foot des Chamois niortais. Il dit qu'il vaut mieux supporter les petites équipes. Mais malgré tout, quand il nous emmène faire du baseball ou pire encore, du rugby… la honte ! Les balles de baseball, je n'arrive pas à les attraper, je me les prends dans la figure. Je suis tellement nul qu'un jour, je me donne moi-même un coup de batte dans la tête en voulant taper dans la balle. Au rugby, je me fais piétiner comme Tintin et Milou par un troupeau de buffles en rut dans la savane.

La gym, là, ça devient un sketch. Sauter par-dessus un cheval d'arçons, je suis le seul de la classe à ne pas savoir faire. Quand j'arrive devant l'agrès, je feins de prendre mon élan et je contourne subtilement l'obstacle, à la grande consternation de M. Marcel :

— On saute par-dessus, Olivier, on ne contourne pas !

Facile à dire. Comment sauter par-dessus un cheval d'arçons qui fait trois fois ma taille ? Et c'est reparti au cours suivant. Rondade avant, rondade arrière, poirier… Pourquoi pas pommier, ou citronnier ? Tout ça est grotesque. Comment faire pour être dispensé de gym ? Quand je fais le poirier, on dirait un bébé panda qui danse *Le Sacre du printemps* en tutu. Dans les vestiaires, je vois bien que mon décalage physique est total. Est-ce que je suis seulement normal ? Un être humain ? *Homo sapiens sapiens*, comme les autres ? Les coucougnettes d'Alex, ce sont de vraies pastèques ! Moi, mon corps ressemble à celui d'un bébé. Je suis complètement anormal, à mille lieues de comprendre qu'il puisse s'agir d'un simple décalage pubertaire. C'est sûr, j'ai une maladie grave. Je n'appartiens pas à l'espèce humaine. Je suis sans doute un Gremlin. Un Martien. Pire encore. Je n'aurai jamais le même corps que les autres ? À qui puis-je en parler ? Mes parents ne me parlent que de maths et d'avoir des bonnes notes à l'école !

Le foot est l'exception qui confirme la règle : c'est le seul sport où je suis plutôt pas mauvais… Je m'inscris au club du village pour m'intégrer de cette façon aux autres garçons. Mais là-bas, après les entraînements, le cauchemar continue hélas. On doit tous se déshabiller pour prendre une douche… Montrer la moindre parcelle de mon corps hideux et anormal ? C'est hors de question ! Je me rhabille, encore couvert de terre et de transpiration, et je rentre chez moi en courant avant que les autres ne découvrent mon infamie. Ils ont tous des corps tellement musclés ! Quand on joue torse nu, je rentre mon ventre et j'arrête de respirer, pour faire croire que j'ai des abdos… Je fais des efforts, pourtant ! Pendant les vacances, je fais systématiquement le programme fitness que je trouve dans des magazines de surf. Toute la journée, je fais des abdos. Et dès qu'il y a une balance, je surveille mon poids méticuleusement. Rien à faire. Je continue à être grassouillet. En vacances dans les Pyrénées, mon cousin Sébastien me surprend à faire des pompes et ça l'amuse. Lui, il ne fait jamais d'exercice et il est costaud comme un gorille de la forêt primitive. Je fais comment, moi, pour avoir un corps normal ? Pourquoi mon corps n'est-il pas comme celui des autres adolescents ?

Le sommet de mes exploits, c'est la première expérience de planche à voile sur le plan d'eau de la base de loisirs du village. Impossible de tenir plus de deux secondes sur cette fichue planche à la noix. La seule exception, qui me redonne une lueur d'espoir, c'est lors du stage de tir à l'arc, grâce à un copain que je connais depuis le primaire (et dont le père est producteur de films pour adultes, il habite dans une grande villa sécurisée protégée par une immense grille blanche électronique, on ne sait pas ce qui se passe chez lui…). François, cet ange gardien, enfant d'un producteur de films de boules, a redressé mon bras au moment de tirer ma première flèche. J'ai eu 10/10, plein centre, plein dans le mille ! Bim ! La fraternité existe. Plus tard, je serai archer et je décocherai des flèches sur ceux qui me font chier. Et je vous assure, je viserai bien. Arrêtez de m'embêter !

Moi, ma façon de m'exprimer est de danser et de tournoyer dans la cour de récréation, comme un cygne. Je me prends pour une princesse, un oiseau, un albatros… Je monte et descends les marches des préfabriqués dans la cour en dansant. Les moqueries continuent mais au fur et à mesure, j'apprends à ne plus y faire attention du tout. C'est plus tard que je me réconcilierai avec cette part de sensibilité.

Le harcèlement

Le collège est un enfer. Je me souviens de certaines choses. Presque de tout.

Je me souviens de ces remarques sur mon regard fuyant, ma timidité maladive.

Je me souviens parfaitement qu'un jour, des camarades m'ont tenu les bras attachés dans le dos. Je me souviens que l'un d'eux s'est approché de moi. Il a mis sa main dans son slip. Puis il l'a mise sous mon nez, pour me forcer à renifler. Je me souviens du nom de ce garçon. Je me souviens de tout avec la même précision que celle avec laquelle je me rappelle les noms de toutes les capitales du monde.

Je me souviens qu'on m'a jeté dessus un énorme bâton par-derrière et que j'ai été surpris par la douleur sur mon crâne. Je suis allé aux toilettes pour vérifier que je n'avais pas de bosse et sur le chemin, une petite fille m'a fait remarquer que je saignais. J'avais une légère sensation de torpeur, quelque chose de chaud enveloppait ma tête, et j'étais bien.

Je me souviens de l'étonnement en voyant mon visage en sang dans le miroir des toilettes. Le sang coulait partout dans le lavabo, sur mon visage. Sur mon crâne. Sur mes mains. Le sang s'en allait avec l'eau du robinet. Je n'avais jamais vu autant de sang. J'ai eu vingt-sept points de suture au front. Aucun élève n'a été inquiété. Je n'ai jamais su qui a lancé ce bâton.

Je suis différent et les autres le comprennent avec une méchanceté animale. Je dis animale, mais les animaux sont parfois beaucoup moins féroces que ça, que les humains. Je suis un animal traqué.

Très vite, les autres s'acharnent sur mes oreilles à la Gainsbourg, grandes et décollées.

Ils me donnent des coups dans les oreilles avec une violence inouïe, comme s'ils voulaient m'en arracher des bouts, à la manière de Mike Tyson. Toute la journée, mes oreilles me lancinent. J'ai l'impression que mes os sont en train de cuire sous ma peau.

C'est l'horreur sur terre. La seule solution que je trouve consiste à me cacher dans les toilettes, car ils me traquent même dans les couloirs. À midi, heureusement, il y a le CDI où je peux me réfugier quelques minutes parfois… Ils n'ont pas grand-chose d'enthousiasmant en littérature, à part des vieux classiques que je trouve poussiéreux, mais au rayon BD… c'est un peu mieux. Je découvre *MAUS*… Cela me fait un répit, que soient bénis tous les CDI de la terre !

En cours, je suis un soldat au milieu d'un champ de bataille. Je dois me retourner en permanence pour surveiller mes arrières, au grand mécontentement des enseignants. À tout moment, les brutes s'installent derrière moi, ou à côté de moi, et me donnent des coups sur les oreilles qui me font hurler de douleur en silence.

Désespéré, à bout, au paroxysme de la colère et de la souffrance, je trouve systématiquement un prétexte pour me faire exclure du cours, j'horripile les profs qui me reprochent mon insolence. Je veux juste qu'on me laisse en paix. Je veux juste échapper aux coups. Je suis un animal et je veux fuir.

Cette violence restera à jamais incompréhensible pour moi. Ça marque au fer rouge. Mes oreilles à la fin de la journée sont rouges et douloureuses. On dirait une *Crucifixion* peinte par un peintre flamand du XVIe siècle qui aurait déménagé en Seine-et-Marne. Très vite, le harcèlement scolaire devient permanent. La Binocle pour mes lunettes, l'Intello quand je lis un livre, Père Castor quand j'ouvre la bouche, tout est bon pour les quolibets, les moqueries. Pourquoi personne ne m'appelle par mon prénom, Olivier ?

Le soir, dans le bus qui me ramène à la maison, ou en voyage scolaire, je colle mes oreilles durant tout le trajet contre la vitre, pour que le froid de la paroi les rafraîchisse un peu. Mais mes oreilles cognent contre la fenêtre avec les soubresauts du bus et j'ai terriblement mal à la tête. J'ai envie de hurler : « Par pitié, laissez-moi tranquille ! »

Tous les jours, ça recommence. C'est long, quatre ans. J'ai l'impression d'avoir passé trente ans dans ce collège. Mes oreilles reçoivent des centaines de coups. Un jour, on fait un test d'audition au collège et la médecin me dit que la mienne est légèrement endommagée d'une oreille. Je ne sais pas si c'est lié aux coups que je reçois. Peut-être aussi que c'est génétique, ma mère est légèrement malentendante.

Quel ennui, quelle tristesse, quelle absurdité…

Si je ne devais garder qu'une seule image du collège, c'est celle-ci : je regarde par la fenêtre du deuxième étage… Il bruine. Même pas une vraie pluie. De la bruine. Et je me dis : « Je m'en sortirai… Je m'en irai d'ici un jour. »

Cette promesse de fuir loin de la violence, je me la suis faite à moi-même.

Et plus tard, je l'ai tenue.

On pourrait essayer d'oublier. Bien sûr. Mais la façon dont les autres vous font comprendre votre différence, ça vous marque dans le corps. Ça s'inscrit au plus profond de soi. J'ai la mémoire dans mes tripes de la dissemblance qu'on m'a apprise, qu'on a tatouée dans ma chair. Je n'oublierai jamais la sensation de douleur dans mes oreilles, pas uniquement sur le lobe de l'oreille mais à l'intérieur, une douleur sourde et perçante à l'intérieur de l'oreille, chaque fois plus insupportable. Cette douleur si forte que je la ressens encore aujourd'hui.

Mais elle est aussi, peut-être, un de mes moteurs dans la vie. C'est ce qui m'a permis de m'en sortir. Ce qui ne tue pas rend plus fort… il paraît.

Je me souviens encore avec une netteté étrange de ces toilettes du premier étage du collège Denecourt, avec deux chiottes que l'on peut fermer à clé (enfin !) et des lavabos. C'est le seul endroit où je suis en sécurité, je m'y enferme dans le noir, sauf que je n'ai pas le droit d'y être entre midi et deux. Et les heures de colle pleuvent.

C'est moi qui suis sanctionné.

Au collège, aucun espace protégé n'existe. Je suis en enfer. Tout représente un danger pour l'enfant différent. Je vis ces années comme une bête pourchassée.

Tu n'es pas obligé d'être dans le moule

Dès que je peux, je m'enfuis de cette prison à ciel ouvert, en passant comme ma chienne Tina sous le grillage de la cour, ou en traversant le jardin de la proviseure… Je collectionne ainsi plus de quatre cents heures de colle en classe de quatrième, tout en ayant une moyenne générale qui doit approcher de dix-neuf sur vingt. Ma vie est un enfer. Mes parents ne comprennent pas, je crois qu'à part mes résultats en classe, ils se foutent complètement de savoir si j'ai des émotions. Je suis parfois appelé en retenue le samedi matin. Le corps enseignant me déteste uniformément parce que je ne suis pas le « bon élève » que je devrais être avec mes capacités scolaires.

Un jour, on a une interro sur les verbes irréguliers avec la prof d'anglais, Mme Walter. Je chahute dans son cours, malgré mes bons résultats. Je suis persuadé qu'elle me déteste, comme les autres. Le devoir se passe sans encombre. *Arise*, *arose*, *arisen*. S'élever. *Be*, *was/were*, *been*. Être. *Beat*, *beat*, *beaten*. Battre. *Become*, *became*, *become*… Devenir. *Bend*, *bent*, *bent*. Plier. *Bleed*, *bled*, *bled*. Saigner… La sonnerie retentit et je suis déjà dans le couloir avec le reste de la classe quand Mme Walter m'interpelle doucement, devant la porte :

— Olivier ?

Je me retourne. Que me veut-elle ? C'est rare que quelqu'un s'adresse à moi sans méchanceté. Encore un adulte qui va me faire des remontrances pour mon comportement ?

— Oui ?

— Tu sais…

Elle laisse un silence, comme si elle allait dire quelque chose d'important, puis reprend avec douceur :

— Tu n'es pas obligé d'être dans le moule.

Je suis stupéfait. Est-ce bien à moi qu'elle parle ? J'ouvre la bouche pour répondre, décontenancé.

— Je…

Mme Walter me sourit légèrement, avec une pointe de compassion, se retourne et disparaît dans la salle de classe.

Toute cette scène a duré à peine cinq secondes. Elle est gravée dans ma mémoire. J'ai mis plusieurs années à comprendre tous les enjeux qui étaient dans ces mots, à mesurer la portée de cette phrase. À la mettre en pratique. Mais je ne l'ai jamais oubliée. C'est la parole la plus intelligente que j'aie entendue dans ma scolarité au collège et je suis éternellement reconnaissant à cette femme discrète avec qui je n'ai jamais échangé autre chose que ces mots.

En quatrième, je change de classe sans succès parce que j'insulte les professeurs les uns après les autres. Je suis odieux. Personne ne comprend mon mal-être.

Impossible de l'expliquer. De mettre des mots dessus. La honte, c'est de ne pas réussir à parler.

Après l'école, j'essaie de fuir cette horreur. Je m'essaie à boire de l'alcool dans le petit chemin derrière le collège avec une bande de cancres à la dérive. Je regarde des films bizarres et dérangeants que les autres appellent « porno » et parfois aussi des films d'horreur (ces films me font rire, de la gnognotte à côté de la réalité !), je fume de l'herbe dans un vieux squat de la rue Carnot où parfois un SDF débarque et nous chasse à coups de jurons. Toute la journée, j'attends que ça se termine.

Se saborder

> « Pour l'adolescent surdoué, l'inhibition est une stratégie d'intégration. Saborder son propre fonctionnement, c'est tenter d'être identique aux autres mais aussi d'arrêter de souffrir. Dans les années 1970, le psychiatre Alain Gauvrit parlait d'anorexie intellectuelle : surtout ne plus se nourrir de pensées et dénier toute forme d'intelligence. On revient ici à la notion de deuil d'une part de moi-même : mon intelligence ne sert à rien, elle est même dangereuse pour mon intégration et pour ma vie psychique. Seule issue, la saborder. »
>
> Jeanne Siaud-Facchin,
> *Trop intelligent pour être heureux*

Ma réaction à ce harcèlement scolaire est simple… Pour m'intégrer et survivre, je dois me saborder. Me renier. Je ne sais pas encore que ce que je commence à faire, c'est me détruire moi-même, pendant de longues années, jusqu'au bac.

Se saborder, c'est quoi ?

Je vais essayer de devenir stupide… méthodiquement ! En sixième, j'ai vingt sur vingt à ma première rédaction de l'année. Une lettre bouleversante entre deux Indiens d'Amérique, avec cette expression « notre amour semblait avoir atteint son paroxysme » qui a impressionné la prof, Mme Content. (Je crois que c'est l'effet mot en Y…) Elle n'a jamais vu un élève aussi doué en rédaction !

Sauf que pour que le harcèlement cesse, je ne peux pas continuer à exceller. À la fin de l'année, on doit apprendre le poème de Victor Hugo, *Demain, dès l'aube.* Pour me faire bien voir et ne pas mourir, c'est vraiment un sentiment de survie qui l'emporte, je fais exprès de l'ânonner (pardon, Victor Hugo !), sans mettre le ton. Alors même que je trouve ces vers magnifiques… Je ne veux pas encore me distinguer et me faire harceler, remarquer, frapper dans les oreilles. Je récite très mal le poème… Et Mme Content, ne comprenant pas ce manque d'enthousiasme, me met un pauvre seize sur vingt. Elle est déçue et je le suis aussi : j'aurais voulu avoir une vraie mauvaise note, pour qu'on me fiche la paix. Ruiner mon potentiel est une stratégie de survie ! C'est la première étape d'un gigantesque sabordement.

Pour expliquer encore le phénomène d'autosabotage de l'intelligence, je pourrais prendre l'image d'une plante. Quand les conditions extérieures ne sont pas réunies, s'il fait trop chaud par exemple, la plante ne fleurit pas. La graine reste en sommeil pour refleurir la saison d'après, quand les beaux jours seront revenus… Car elle sait que si elle fleurit dans le monde extérieur alors que le climat n'est pas propice, catastrophe ! On a ainsi retrouvé certaines graines de fougères, qu'on appelle oospores, qui ont survécu aux ravages des plus grosses météorites. Et d'autres qui sont restées plus de quatre mille ans (autant que les quarante siècles de Napoléon) dans des sarcophages égyptiens avant de refleurir… Quatre millénaires et toujours capables de donner la vie. Eh bien voilà. Je suis une graine, et en attendant que les conditions favorables soient à nouveau réunies pour que je fleurisse et refleurisse, je me mets en sommeil, en état végétatif. J'attends.

Pour le moment, je continue à me saborder. J'exprime ma rage de toutes les façons possibles. Un jour, dans les couloirs, je pousse un élève comme ça, gratuitement, il ne m'a rien fait. Je détiens officiellement le record d'heures de colle du collège, avec un total de 472 sur l'année, à la grande stupéfaction de mon camarade Gerfaut, grand amateur des Monty Python (il reproduit à merveille l'imitation du lapin tueur de *Sacré Graal*, au grand désarroi de Mme Le Beschu) et qui pensait occuper la première place du podium avec ses 456 heures. Ce grand ectoplasme vient de s'apercevoir que je l'ai battu, on a fait les comptes en comparant nos carnets de correspondance.

À propos de carnet, j'ai inventé cette ruse redoutable pour faire disparaître les éléments compromettants. Quand j'ai un mot des profs à faire signer, je prends un polycopié et je le colle sur la page de mon carnet de correspondance, en couvrant le mot en question. Quand la colle a séché, je décolle le document, qui arrache une partie du papier, et le mot du prof s'en va avec. Je colle alors un nouveau document, de type autorisation pour une sortie de classe. Quand les profs me demandent mon carnet avec le mot signé, ils perdent la tête. Je leur dis innocemment :

— Regardez, il n'y a rien !

Ils croient être malins.

— Tu as collé l'autorisation de sortie par-dessus ?

Je les laisse décoller l'autorisation et se rendre compte qu'il n'y a absolument aucune trace en dessous. Ils me dévisagent alors avec effroi, croyant être devenus complètement fous, persuadés à juste titre qu'il y avait un mot à signer. Je jubile, stupide. Bref, après avoir battu dans l'enfance le record du monde des multiples de 75, me voici maintenant recordman du monde du nombre d'heures de colle idiotes. L'anglais *detention* dit bien ce que veut dire pour moi une heure de colle… On me met en prison à nouveau ! Pour les dissimuler à mes parents, j'utilise à foison ce stratagème visant à décoller une partie des feuilles de papier du carnet de correspondance puis à coller un autre papier par-dessus le mot initial. Personne n'a l'air au courant qu'une feuille de papier, aussi fine soit-elle, est composée de plusieurs couches, comme le millefeuille de la boulangerie que j'ai parfois le droit de partager avec mon frère le dimanche. Je deviens aussi maître dans l'art d'imiter la signature de mes parents, en différenciant bien le geste de ma mère, droitière, de celui de mon père, gaucher… Je suis prêt à tout pour me dissimuler sous le masque du cancre. Tout sera moins douloureux que d'être celui que je suis… du moins je le crois. Bref, je deviens un faux-monnayeur de moi-même.

Je ne veux plus aller en classe, je veux faire l'école buissonnière… Le matin, j'arrive systématiquement en retard, pour éviter le danger des coups dans le préau ou les couloirs. Personne ne comprend. La phobie scolaire, forme sévère de trouble anxieux, est encore peu connue. Aller à l'école ? Pour quoi faire ? Pour quel avenir ? Pour quelle vie d'adulte ? Qu'est-ce que je fais ici, chaque jour ? Cela n'a pas de sens ! L'incompréhension des enseignants est totale. Je me souviens des appréciations de Mme Dolinski. Comme j'ai toujours immanquablement vingt sur vingt en maths, mais que mon comportement n'est pas celui d'un élève modèle et que je n'ose pas participer (ce n'est pas une question de timidité, mais la peur de me faire remarquer comme « l'Intello »), elle trouve toujours quelque chose de négatif à écrire sur ma copie. J'ai gardé les appréciations de ma prof. C'est toujours écrit de manière un peu piquante et cela ressemble à : « 20/20. Pourrait faire au moins semblant d'écouter en cours ! » En réalité, je la comprends. Les autres donnent le change, ils ont l'air attentifs. Moi, je réussis l'exploit de faire semblant de *ne pas* écouter. Je ne suis pas toujours turbulent ; quand je peux, je reste au fond de la classe, près du radiateur, dans un coin, pour échapper aux brimades de mes camarades. Un jour, elle me reprend en me disant : « Olivier, tu pourrais nous répéter ce que j'ai dit, peut-être ? » Mme Dolinski est persuadée que je n'écoute pas car je regarde ostensiblement par la fenêtre. En réalité, je pourrais lui réciter au mot près ce qu'elle vient de dire… Je sais très bien (et je m'en souviens encore aujourd'hui, plus de vingt ans après) qu'elle a fait une blague sur les origines bretonnes de Kevin Le Bihan au sujet des crêpes. Seulement, si je joue au bon élève… cela m'attirera des ennuis dans la classe. Et si je ne réponds pas… cela m'en attirera avec l'enseignante. Quel enfer, ce décalage ! Je reste coi, sans savoir quoi dire. Et Mme Dolinski se moque de moi, s'énerve… et me renvoie en permanence ! C'est reparti pour un tour, le collège est une farce digne de *Pif Gadget* ou plutôt de Gotlib, les BD que je lis chez

Papy et Mamie de Bretagne. Alors que j'ai tout suivi et tout écouté, on m'embête encore ! Pendant des semaines, j'en suis mort de rage. Cette vie n'a donc aucun sens… De tous les côtés, on est coincé. Si on est trop bon, on se fait défoncer les oreilles… Et si on essaie de faire semblant d'être nul, les enseignants nous punissent.

Monster Munch et bonhomme NON

Je fais des crises d'hyperphagie. Je suis capable d'engloutir des dizaines de viennoiseries ou des tablettes entières de Crunch. Je n'arrête pas de manger quand je suis lancé. Je me renferme dans mon mutisme. Et dans les Monster Munch. Il m'arrive de marcher jusqu'au village d'à côté pour en acheter de gros paquets (saveur originale, bien sûr) qui tiennent à peine dans mon cartable et que je mange jusqu'à oublier ma tristesse.

Je cache les sachets vides dans ma chambre. Je dévore d'énormes quantités d'un coup et ne me fais pas vomir ensuite. Je mange à corps perdu, encore et encore, c'est un véritable refuge… Cacahuètes ou chocolat. J'anéantis mes émotions dans la satisfaction du gras. Solution provisoire, mais solution quand même.

Mon corps ne ment pas, il traduit mes traumatismes et son état exprime mes turbulences intérieures. Évidemment cela n'arrange rien car c'est terriblement dévastateur pour l'estime de soi, et notamment l'estime physique de soi. Mais je n'ai à l'époque aucun autre refuge…

C'est ma seule échappatoire. Comment calmer cette rage qu'on a en soi, quand on a le sentiment d'être rejeté ?

À propos de nourriture, je pense (cette fois-ci sous l'angle de la comédie) à cet épisode de *Friends* où Brad Pitt, un ancien camarade de classe de la bande, en veut au personnage de Rachel parce qu'elle s'est moquée de lui… Dès qu'il est en colère, Brad Pitt se sert une énorme portion de patates douces. La boulimie n'arrange évidemment rien au sentiment de rage, mais elle permet d'avaler ses émotions. Une façon de retourner le mal contre soi-même. Toujours la même façon de me renier et de me faire du mal.

À ce moment, je n'ai pas les mots pour parler de ma souffrance. Je suis enfermé dans mon silence depuis trop longtemps maintenant… Je souffre trop pour ouvrir mes plaies. J'ai trop honte. Je serre les dents et j'attends que tout ça se finisse. Si le monde pouvait s'arrêter avec, ce serait chouette.

Au collège, les enfants différents vivent le martyre. À la fois par la difficulté à être différents, mais aussi en raison de l'absence de prise en compte de cette différence (et des fragilités spécifiques qu'elle peut engendrer) par le système scolaire et les adultes. Un jour, en classe, on nous a distribué des petits livrets rouges pour une campagne de prévention contre le racket : « Apprenez à dire NON. » Il y a un petit bonhomme bâton dessiné. Un rond pour la tête, un trait pour le corps et deux autres pour les bras. On dirait le jeu du pendu. Et on voit le petit bonhomme dans plein de situations. Il dit toujours NON. Quand des grands essaient de lui prendre son portefeuille, par exemple, il dit courageusement : NON.

Moi je me sens exactement comme le petit bonhomme. Dans ma tête, du matin au soir, j'ai envie de crier :

— NOOOOOOOON !

Malheureusement, on ne me demande pas vraiment mon avis. Et je n'ai pas les mots. Pour le moment. Quand je dis NON aux coups dans les oreilles, personne n'écoute, c'est un peu comme si j'étais Bernardo dans *Zorro*… Alors je trouve un moyen d'esquiver, de contourner. Le collège est une jungle où il faut apprendre à survivre par soi-même, et sûrement pas en comptant sur l'appui des enseignants ni des surveillants, qui vous envoient en colle avec les pires brutes du collège – et où l'horreur recommence. Dire non, c'est bien joli dans les livres, moi je n'ai pas la force. Alors je subis, je me tais et je m'enfuis dans ma tête à l'autre bout du monde en griffonnant des textes sur des feuilles de papier. Je ne sais pas encore que plus tard, ce sera mon métier.

C'est aussi à cet âge-là que je commence à faire des bêtises à l'extérieur du collège. Je me mets à traîner avec les cancres, à fumer des cigarettes… J'essaie de jouer aux durs, par fragilité, par lâcheté peut-être, ou par besoin de m'intégrer, de me faire aimer par tous les moyens. En vain ! J'essaie de faire les mêmes conneries qu'eux – on fait ce qu'on peut, on veut juste être accepté. Mes parents m'autorisent une grande liberté parce qu'ils ont confiance en moi, ou parce qu'ils s'en foutent complètement. Sans doute un peu des deux.

Bêtises et addictions

Je regrette certaines bêtises d'enfant, comme lorsqu'avec la bande de cancres, on a essayé de voler des magazines dans la petite maison de la presse du village. Le patron nous a repérés (je suis très nul pour voler, on ne se refait pas, quand on est un premier de la classe !) et on a dû s'enfuir en courant à toute vitesse. Mais cette bande de cancres, c'est ma liberté, c'est l'aventure… On a déniché une sorte de squat dans une vieille maison abandonnée sur un terrain recouvert de ronces et de broussailles. Une petite maison sur un terrain en reconstruction et qui, sans doute, sert de refuge à un sans-abri. Enfants, on ne comprend pas ce qui se passe. Alors, quand cet homme arrive, on pense que c'est le Croquemitaine. Les légendes circulent. Une fois, pour nous déloger, il a hurlé pour nous faire peur : « Marignan, 1515 ! » Sans méchanceté de notre part, on est fascinés par le Croquemitaine, qui peut surgir à tout moment pour nous chasser de notre QG. Et puis il y a le foot. On reste jouer parfois tard le soir, jusqu'à la nuit tombée… Le week-end, on va traîner au stade municipal un peu plus haut dans le village, ou au skatepark. C'est là que certains fument les premiers joints…

L'adolescence est l'âge des addictions. J'ai passé une bonne partie de mon adolescence devant la console de jeux. Elle était pour moi un refuge, une évasion loin de ma propre douleur, hors du monde.

Ma mère est désespérée :

— Quel gâchis ! Tu es tout le temps branché devant la télé ! Va faire tes devoirs !

Elle avait raison. La fuite en avant dans le virtuel, pourtant, est un parfait médicament… Quand je deviens Link, le héros de *Zelda*, et que j'oublie tout, quel bonheur ! Je chevauche dans les prairies virtuelles, à des kilomètres de la réalité. Gare aux araignées dorées qui tombent du plafond et me terrorisent. Je tente de me réfugier près de mon père dans son bureau. Les jeux de sport prennent également une place importante. Que de parties avec mon grand frère sur FIFA, NBA ou NHL… En se concentrant sur le jeu, j'oublie tous mes soucis et je suis parfaitement heureux.

Rien ne peut m'arriver derrière un écran, protégé de la vie par une mince pellicule de fabuleux et d'irréel. Quand je ne suis pas sur l'ordinateur, je navigue sur la Nintendo 64 : je cherche des étoiles au fond des océans avec Super Mario, je combats l'infâme Bowser pour sauver la princesse Peach.

Au lycée, je passe mes nuits, en première et en terminale, derrière l'écran de mon PC… à me consacrer aux pronostics sportifs. Je ne dors plus beaucoup car je passe toute la nuit à actualiser sur Internet les résultats du tournoi de tennis de l'Australian Open. Depuis la cabine téléphonique de mon collège, j'appelle un serveur où l'on me donne les derniers résultats en direct de la rencontre de coupe Davis entre la France et la Russie… Sébastien Grosjean a-t-il battu Ievgueni Kafelnikov ? Ma vie ne tourne plus qu'autour du classement virtuel d'un site de paris sur Internet. Je gagne de l'argent fictif et passe ma vie à spéculer sur les résultats des courses de biathlon féminin, du championnat de foot écossais… Le moindre match devient palpitant et me déconnecte un peu plus de la réalité. Je pense que ces paris sportifs, même sans dépenser d'argent, ont été la chose la plus délétère de mon adolescence, car ils m'ont isolé et complètement coupé du monde.

Là encore, je le dissimule suffisamment bien pour que mes parents ne se doutent pas que je reste éveillé toute la nuit… jusqu'au jour où mon père m'engueule en découvrant sur la facture du téléphone un montant astronomique pour un service de télétransmission des résultats… Les appels que j'ai passés depuis la cabine téléphonique de mon lycée pour connaître les résultats de la coupe Davis ont laissé des traces !

Les écrans m'ouvrent un monde loin d'une réalité insupportable.

Au lycée, le sentiment de souffrance et d'isolement est complet. Je me sens désespérément seul face à mes problèmes. Le rapport au corps empire. Je me scarifie chaque matin sur le chemin du lycée avec mes ongles. Je trouve que j'ai la peau trop blanche. J'aimerais avoir l'air bronzé comme Romain d'Astéries, le beau gosse de la classe, qui part toujours avec ses parents en Inde aux vacances de Pâques et revient beau comme un dieu… En réalité, on voit bien que je me suis griffé partout. Je voudrais me mutiler. Je voudrais me réduire en sang, en charpie, jusqu'à ce que quelqu'un s'aperçoive enfin de ma souffrance.

Le soir, les moqueries dans le bus scolaire (décidément, je déteste ça !) sont si fortes que j'ai désormais une phobie de monter dedans. Je déteste Cooper, qui se moque de moi parce que je chantonne du Saez avec mes écouteurs… Je pense : « Je ne t'ai rien fait, Cooper, tu veux juste impressionner Céline plutôt que de me tendre la main… alors qu'à l'école primaire, j'étais venu dans ta maison de riches avec un court de tennis au bord de la Seine pour regarder *The Mask* dans la partie home cinéma de ton grand salon. Honte à toi, Cooper, qui n'as pas de compassion pour la tristesse de ton ancien copain ! »

Comme je fais une phobie du bus scolaire, je rentre en stop. C'est très dangereux car je me mets à l'entrée de la forêt, et je monte dans la voiture de parfaits inconnus. Parfois, je prends aussi le train.

Les week-ends sont consacrés à une autre addiction : l'alcool, et en particulier les cuites mémorables. Je bois énormément, et je fume tellement de shit que mon cerveau ressemble à un gigantesque aquarium où nagent des poissons-clowns hilares. Le week-end, les black-out et évanouissements me laissent ivre mort. Un jour, avec un camarade, je me retrouve dans une soirée parisienne d'étudiants en médecine. Au matin, je me réveille sous un bureau du rez-de-chaussée, recouvert d'un plaid taché de vin et de vomi, sans aucun souvenir de la veille. Apparemment, j'ai vomi sur le canapé et ils m'ont traîné par les jambes dans l'escalier jusqu'en bas de la maison.

Sur mes cahiers d'écolier, je dessine des milliers de cœurs. Je me sens tellement seul, avec un besoin éperdu de tenir quelqu'un dans mes bras. Je voudrais aimer follement. Je voudrais être follement aimé… Pour ne pas avoir l'air « anormal » et ne pas perdre la face, je me suis inventé une relation imaginaire. Ça a commencé un jour, dans la voiture, quand mon père m'a demandé si j'avais une copine au lycée.

J'ai répondu du tac au tac :

— Oui, j'ai une copine, elle s'appelle Linda !

Je sais que mon père ne parle pas un mot d'espagnol et ne peut pas deviner que j'ai inventé cette histoire de toutes pièces. Linda, c'est un prénom qui veut dire « jolie » en espagnol, il n'y a que moi qui le sais ! Je commence à raconter aussi ce mensonge à mes amis. C'est officiel au lycée, j'ai donc une petite amie, Linda, qui habite en Espagne, et avec laquelle je corresponds.

— T'as fait quoi pendant les vacances ?

— Je suis allé à Madrid, pour voir Linda… !

En réalité, j'ai passé les quinze jours des vacances de Pâques devant la télé sur le tapis du salon… Ma seule copine, c'est ma Nintendo 64. Et ma seule histoire d'amour, c'est lancer des carapaces de tortue sur Luigi dans *Mario Kart*. Je vis dans un océan de solitude, en écrivant des poèmes à cette Linda qui n'existe pas :

Linda

Toi qui es si belle chaque matin je te vois
Toi qui es si belle et ne le sais même pas
Toi qui laisses dans l'air comme un parfum d'ailleurs
Toi qui peux sans un geste désarçonner mon cœur
Toi que j'ai vue souffrir et que j'ai vue pleurer
Toi que j'ai vue sourire et que j'ai vue danser
Toi si gracieuse si pure tu rends fous les oiseaux
Toi ton corps ta silhouette tes mains tes yeux ta peau
Je voudrais juste te dire que je voudrais parfois

Faire un pas m'approcher te murmurer je t'aime
J'aimerais tant être libre j'aimerais tant être beau
Mais j'ai juste ces mots pour crier ce poème

En physique-chimie, en mathématiques, en SVT, je dors au fond de la classe et n'arrive plus à suivre le rythme. Ma fatigue physique et mentale, avec des nuits plombées par les insomnies des paris sportifs, est totale. Je me trompe systématiquement dans les QCM, et comme les réponses fausses donnent des points en moins, j'obtiens des moyennes négatives à la fin du trimestre. Moi qui suis censé avoir « des facilités », je me retrouve avec un avis défavorable au bac de la part des enseignants, à ma grande honte. J'obtiendrai malgré tout mon diplôme avec une mention assez bien, à la surprise générale, grâce à mes excellents résultats dans les matières littéraires.

Champion précoce des mathématiques, je suis devenu au fil de ma scolarité un champion de la bataille corse, de *Tekken 5* et des Petit-Beurre mangés en moins d'une minute. Ce sabotage au long cours plonge mes parents et les enseignants dans une incompréhension et une perplexité réelles. Si seulement ils comprenaient la difficulté, la culpabilité, la honte qui sont associées à ces mauvais résultats… Si seulement j'avais pu parler à quelqu'un de mon mal-être, de toute cette tristesse, de toute cette colère. Tout cela est décuplé dans mon esprit par mon extrême sensibilité. Mes émotions débordent, sans que je puisse me confier à personne. Une souffrance reste associée à cette période, un sentiment d'abandon terrible, d'injustice et de révolte. Dans l'enfance, j'étais « l'Intello », dont on vantait les capacités intellectuelles.

Je me suis peu à peu détruit moi-même pour survivre, pour essayer de me faire accepter par les autres. Je me suis méthodiquement sabordé. J'ai renié ma différence car je croyais que cela m'aiderait à trouver ma place. Au contraire, loin de me sauver, cela a failli me pousser vers le gouffre.

Fugue à Gelsenkirchen

Je continue à m'intéresser au football et je suis supporter de l'AS Monaco. Je suis de près leur épopée européenne en 2004, l'année de ma terminale. Je vis des émotions par procuration avec la remontée contre le Real Madrid. J'ai même déniché des places quelques jours avant mon bac pour aller voir la finale avec un groupe de supporters, les Héraclès. C'est à Gelsenkirchen, en Allemagne. Le jour J, je fais le voyage sans le dire à mes parents. Je falsifie leur signature pour l'autorisation. Mais j'oublie de prendre mes papiers d'identité avec moi. Le car n'est heureusement pas arrêté par un contrôle de police. Défaite cuisante de Monaco face à Porto. 3 à 0. Ça m'apprendra à faire des bêtises. Je fais encore quelques déplacements en car pendant l'été qui suit avec le groupe Héraclès jusqu'à Saint-Étienne et le mémorable stade Geoffroy-Guichard, le « Chaudron », ou encore au Parc des Princes. Je garde un bon souvenir de ce groupe de supporters qui n'étaient pas violents, loin des clichés que l'on peut avoir. Ce n'étaient pas des hooligans, ils ressemblaient plus à une grande famille de paumés et de marginaux. Je me sentais en sécurité avec eux.

Saez, et premiers poèmes

J'ai toujours des écouteurs dans les oreilles. Les chansons de Saez sont la survivance de l'espoir que j'ai d'échapper à ce mal-être pour une vie meilleure : « Et y a Olga la blonde, celle qu'on appelle espoir… » J'aime la voix de ce chanteur, sa mélancolie, sa révolte. J'écoute en boucle ses albums. Alors j'écris moi aussi des textes, des poèmes naïfs, sincères, révoltés, sur un grand cahier où j'ai collé des pochettes de Manu Chao.

Voici quelques-uns des poèmes que j'écris au lycée, conservés dans des cahiers jusqu'à aujourd'hui :

Brasier

Brûlons tous mes frères
Le vent de la Vie a embrasé nos cœurs
L'espoir a rallumé le dernier bûcher
Il est temps de partir
Mêlons-nous à la lutte
Que les sangs s'unissent que les poings se lèvent
Pour un ultime frisson

Brûlons
Consumons-nous enfin
Que nos braises s'éparpillent
Rejoignons la bataille
Il est temps de combattre
Le chant du départ
Que les âmes crépitent
Que les mains se tendent
Brûlons
Voici le zénith
Le feu éternel
Nous emportera
Il est temps de danser un tango endiablé
Avec la Vierge
Pour effleurer les cieux
Pour une place au Soleil
Pour des croissants de Lune
Brûlons
Pour six milliards d'humains
Pour le rire d'un enfant
Pour une nuit d'été
Il est temps d'aimer
Pour toi mon amour
Pour la paix de tes hanches
Pour la flamme de tes yeux
Je brûle

Un autre poème s'appelle *Va*, je l'ai écrit, presque dessiné, sur des feuilles de papier blanc :

Va

Va
Écoute
La voix du silence
Infuse-toi de ton corps

Abreuve d'espérance
Ton cœur qui bat encore
Panse
Les plaies de la violence
Panse
Les cris de la souffrance
Panse
Ton être
Réfugie tes secrets
Dans l'aveu
Cueille
L'amitié de l'air
Gorge-toi de lumière
Saisis
Survole
La douleur des blessures
Bannis
Les larmes et les pleurs
Bannis
L'inconscience et l'horreur
Déploie
Un manteau d'arbres-vent
Vagabonde le monde
Extrais
Les racines de l'espoir
Puise
Le message de la Terre
Bois
Le message de la Vie
Délivre
À la lueur de ton sang
La saveur de l'ivresse
Et embrasse chaque matin
Avec des yeux nouveaux
Décale
Le cadre qu'on t'impose

Si ton reflet t'éblouit
Traverse les miroirs
Et si sourire t'épanouit
Tout non n'est pas si noir
Entre
Dans l'Univers-gaieté
Où ondule la grâce
Où brillent les vertus
Où virevolte l'audace
Plonge
Dans la pénombre-éclair
D'un océan de joie
Et effleure le dard
Du fulgurant amour
Du permanent émoi
Crois
En la sagesse du fou
Lorsqu'il chante qu'il est roi
D'un empire de poussière
Et apprends tes limites
En peignant ta bannière
De la splendeur de l'Autre
De la couleur du jour
Élargis l'horizon
Inondé par l'aurore
Découvre enfin ta place
Dans la fougue du printemps
Dans la forêt qui bruit
Dans le murmure du ciel
Renais
Dans l'herbe qui frémit

Un jour, mon professeur de physique-chimie me surprend à écrire des poèmes. Il arrache mes feuilles et les lit devant toute la classe, en éclatant de rire :

— Quelle logorrhée !

Partir avec les nuages

Mes parents m'ont déconseillé de faire une première littéraire. Mais au fond de moi, j'ai toujours l'idéalisme et la volonté de changer le monde. J'attends simplement le bon moment. D'ailleurs, j'ai écrit une pièce de théâtre écologiste, que j'ai jouée en terminale dans le cours d'histoire-géographie. La pièce a été interrompue par le prof de maths du dessous, qui estimait qu'on faisait trop de bruit. Une pièce censurée pour trouble à l'ordre public, c'est pas si mal pour un début. Qu'importe. J'ai peut-être déjà trouvé mon meilleur exutoire, l'écriture. D'ailleurs la prof d'histoire-géo elle-même, Mme Giboureau, que j'ai pourtant transformée dans ma pièce en « Citoyen Gibourin », a tenu à me féliciter gentiment. Cet encouragement me fait chaud au cœur. Ma super prof de lettres en première me donne aussi accès aux poèmes magnifiques de Baudelaire et d'Henri Michaux. La découverte de l'écrivain Primo Levi est un choc immense !

Ce qui me sauve pendant ces années, ce sont les livres et la poésie (je dis « sauve » même si je suis convaincu qu'au fond, la vie est un miracle, il suffit d'être doux, le plus doux et aimant possible, avec soi-même et avec les autres). Pendant toutes ces années, j'ai écrit des poèmes et j'ai tourné en rond, les bras tendus, dans la cour du lycée, en rêvant de m'envoler. Je vois les autres adolescents indifférents à mon mal-être et je veux voler au-dessus de cette mêlée qui m'exclut. J'ai le sentiment de ne pas exister. Ou d'exister différemment. Je me prends pour un ange. Pendant trois ans, au lycée, je me prends pour une mésange. Je voudrais fuir, m'envoler très loin… À la récréation, je regarde les nuages et je pars avec eux…

Pause

Les nuages défilent
Vagabonds éternels
Sans trêve ni repos ils errent
Sur la route des cieux
Pourchassés par les vents
Ils cherchent
Un impossible havre
Fuyant à jamais
Les bourrasques gloutonnes
Voyageurs sans bagage
Sans refuge ni abri
Maudits des voies terrestres
D'où Dieu les a bannis
Sous peine de devoir
Se transformer en pluie
Ils arpentent sans fin
Des territoires hostiles
Condamnés à lutter

Contre les courants d'air
Voués à agoniser
Devant les hautes cimes
Condamnés à brûler
Quand le Soleil s'étire
Condamnés à partir
Dès que la bise se lève
Cortège fantôme
D'éléphants de soldats
Ombres énigmatiques
Lorsque le jour s'éteint
Les princes du crépuscule
S'effacent au matin
Laissant place à nouveau
Aux méandres de brume
Nomades que cachez-vous ?
Dites-le-moi enfin
Bâtards des galaxies
Ou caprice divin
Venez vous révéler
Passez par la fenêtre
Et tendez-moi la main
Je vous suivrai mes frères
Jusqu'aux pays lointains
Du royaume du Bonheur
J'ai perdu le chemin
Mais une lumière scintille
Vous vous êtes évanouis
Mais avez ravivé
Ce quelque chose qui brille
Au plus profond de soi
La flamme de l'Espoir
On ne croyait pas
Pouvoir rêver encore
Pouvoir rêver encore

La pause s'achève
Je reviens à la vie
De longues heures encore
Je reprends mes esprits
Que la journée est longue
Avant l'ultime sonnerie
Et la vraie liberté
Celle des gens et des rires
Plus de signes putrides
Qui pullulent au tableau
Et d'iguane à peau verte
Qui approche et sourit
Mon Dieu qu'il a l'air bête
Et le cuistot aussi
Et puis tous ces calculs
Jusqu'à être abruti
Jusqu'à vendre son âme
Pour une bouffée d'air frais
Juste de quoi
Lever les yeux au ciel
Les nuages défilent toujours…

Branchés sur Radio Tristesse

Mes parents sont très malheureux à la maison, la situation familiale empire de jour en jour. Tous les soirs j'entends ma mère sangloter, elle s'écroule souvent sur le tapis de sa chambre. J'entends ses pleurs qui viennent de la salle de bains. À la maison on est branchés en direct sur Radio Tristesse. Francis Cabrel a beau chanter sur Chérie FM : « Je suis le gardien du sommeil de ses nuits, je l'aime à mourir », ma mère pleure plus fort que Francis, elle joue les choristes. Alors pour moi le monde est noir, plongé dans les abîmes d'un malheur dont je ne comprends pas l'origine. Irrémédiablement noir. Je ne vois pas comment on peut être heureux. Je trouve ridicules les gens qui sont heureux. Les gens qui sont heureux m'énervent. Il n'y a que le noir.

Le noir, le noir, le noir.

Les ténèbres, la tristesse en moi.

Je n'ai pas le droit d'exister. Alors, au lycée, et après le baccalauréat surtout, il y a la découverte de la poésie, de la littérature. Je vais à la rencontre des mots des autres. Je crois vraiment que s'il n'y avait pas ça, je me foutrais en l'air, comme la fois où j'ai longé longtemps les voies de chemin de fer et où je me suis demandé ce qui se passerait si je sautais sur la voie juste avant le passage d'un train.

Un philosophe célèbre a dit que, depuis Auschwitz, on a besoin d'un art qui prenne en compte la violence et l'horreur.

Eh bien, justement. Ça les prend en compte. Les poèmes que j'apprends par cœur, toute la splendeur que j'apprends par cœur, dont je me nourris, eh bien, ça les prend en compte. Ça parle de ça. L'horreur intime.

Cette splendeur, ça parle de mon enfer minuscule et interminable d'enfant reclus dans sa différence et son mutisme. Mon petit enfer à moi, qui bien sûr est invisible de l'extérieur. Et cette splendeur des poètes, cette splendeur éclatante de la langue, c'est la seule chose possible pour continuer. Je n'ai jamais pensé au suicide car il y a toujours eu la beauté.

Je suis entré au pays de Poésie dans les années qui ont suivi. J'ai lu pour m'en sortir… Je me suis embarqué avec Arthur Rimbaud sur un bateau ivre. J'ai invoqué avec Baudelaire des serments d'amour infinis. J'ai chanté la modernité avec Guillaume Apollinaire, j'ai pris le Transsibérien avec Blaise Cendrars et j'ai découvert le mythique Thibet avec Victor Segalen. Dans un poème de Léopold Sedar Senghor, j'ai fait la merveilleuse rencontre du faon vert de l'absence. J'ai enfourché les chevaux migrateurs de Robert Desnos. J'ai frissonné avec le condamné à mort de Jean Genet. Je suis retourné au pays natal avec Aimé Césaire au bout du petit matin. J'ai découvert la vie dans les mots d'Henri Michaux, de Fernando Pessoa ou de Sylvia Plath. J'ai retenu mon souffle avec Wislawa Szymborska. J'ai été, moi aussi, la petite fée triste, qui raconte son cœur en jouant du luth, de Forough Farrokhzad. Je sais déjà que, plus tard, j'écrirai des livres.

Se réparer, un peu

L'été de mes dix-sept ans, j'ai mon bac et une seule chose compte, je veux partir de chez moi. Loin. Fuir ma famille qui me semble une prison, où le malheur a fini par prendre toute la place. Une famille comme un réacteur nucléaire, un réacteur à fusion même, comme m'a dit un jour une amie qui a eu le même parcours. Je ne veux plus subir l'ambiance toxique qui règne à la maison depuis quelques années, avec un grand frère en souffrance, de plus en plus agressif, et le manque glaçant d'amour et de communication entre mes parents. Les dernières années, au lycée, j'ai passé le plus clair de mon temps chez un ami, ou dans des squats. L'idée était de préparer mon départ. Puis, une fois mon bac en poche, j'ai mis de la distance avec ma famille. Au début, je voulais partir le plus loin possible. Vraiment le plus loin. Mais, avec les moyens dont je disposais, le plus loin possible, ç'a été un train de banlieue pour un internat à Melun, où j'avais l'opportunité incroyable d'étudier en prépa. Impossible de laisser passer cette chance. À côté du réacteur nucléaire, Melun m'est apparue comme la plus belle ville du monde. À partir de ce moment-là, l'espoir est revenu. J'étais libre. Je pouvais trouver un travail. Même un travail de merde. Faire des études. Passer un concours. Ainsi je ne serais plus obligé de rentrer au réacteur. Par la suite, il m'est arrivé d'être convié à nouveau à des réunions familiales, d'être replongé par moments dans ce climat d'agressivité et d'insécurité. Mais en réalité, j'étais désormais à l'abri. Je pouvais quitter à tout moment ma famille, pour retourner à l'internat de Melun, puis dans les autres villes où j'ai habité. Peu à peu, au cours des années qui ont suivi, j'ai reconstruit ma vie, avec des amis, beaucoup, beaucoup d'amis. J'ai travaillé, j'ai vu des psys, je suis devenu un être humain. Je me suis un peu réparé. Ce n'était pas facile au départ, car toute dignité m'avait été enlevée à l'adolescence, comme pour mieux me préparer à la lutte. Qu'à cela ne tienne. Désormais, j'ai eu la vie devant moi. Les années sont passées, dix-sept, vingt, trente-cinq ans, et je respire aujourd'hui car je suis sorti du réacteur. Jamais plus je n'y remettrai les pieds. Cette prise de distance avec ma famille, je l'ai appelée romantiquement : la Fugue.

J'ai dix-sept ans et j'entre en classe préparatoire littéraire à Melun, « hypokhâgne » en lettres et sciences sociales. Ce n'est pas une très bonne classe prépa, loin des prestigieux lycées parisiens, mais c'est déjà un privilège énorme d'avoir accès à ces enseignements. Je travaille comme un forcené. Sous l'égide d'un professeur de lettres dont je reparlerai, je ne me déplace nulle part sans un livre. Dans un bus, dans la rue, aux toilettes. Avoir toujours un livre sur soi. Un principe de vie. Pour s'en sortir. J'avale les classiques de la littérature et de la philosophie comme on se régale de donuts au chocolat.

L'internat de Melun est une libération. Je ne rentre plus du tout chez ma famille et je passe mon temps à travailler. Je ne laisse pas dormir Denis, mon compagnon de chambrée, un blond très gentil qui est en maths sup et a rapidement lâché l'affaire. Il m'entend aller et venir, se plaint de moi et obtient un lit dans une autre chambre. Bon débarras ! J'ai mon coin rien qu'à moi. Je lis les grands classiques de la littérature toute la nuit et souvent, je reste en pyjama pendant la journée, avec un simple plaid autour des épaules, pour me rendre en cours de mathématiques. Le professeur me regarde avec un air consterné. C'est dommage, je pourrais faire une belle carrière dans l'analyse statistique, selon lui. Je n'en doute pas, mais je préfère Dostoïevski. Surtout le prince Mychkine. *L'Idiot*. Ce que je veux étudier, c'est la littérature. Faire le récit de la souffrance humaine. Ce sera mon domaine.

Depuis que je suis à l'internat, je travaille encore plus dur. Je passe toutes mes nuits à lire dans une des salles vides du lycée, seul, poursuivant la lecture des tragédies de Shakespeare que je me suis promis de dévorer dans leur intégralité… Je lis de la sociologie, de la philosophie, de l'histoire. Je veux comprendre le monde. Et pour m'assurer que personne ne vienne m'embêter, je rapporte dans la chambre, discrètement, au grand dam de l'établissement, un petit synthé sur lequel je joue la *Sonate au clair de lune*.

Renaissance

Melun, petite ville de province où j'allais, enfant, chercher des livres à la bibliothèque, a été le centre du monde pour moi pendant deux années. C'est un drôle d'endroit. Quand vous arrivez en train, il y a une petite musique dans les haut-parleurs qui dit parfois : « Vous êtes arrivés en gare de Melun. Tous les voyageurs sont priés de descendre de voiture. » Et là, puisqu'on nous le demande si gentiment, on quitte le train et on se retrouve sur l'avenue Thiers – l'avenue la plus moche du monde.

En classe prépa, j'ai le sentiment de prendre ma revanche sur les maltraitances de l'enfance et ce sentiment de différence qui colle à ma peau. Je m'épanouis intellectuellement. Comme une plante, je renais. Je retrouve du sens et de l'espoir. J'ai envie de contribuer à changer le monde, à inventer des sociétés moins pourries en étudiant les sciences humaines. L'idée d'apprendre, de lutter, de vivre m'enthousiasme à nouveau. Avoir accès au savoir pour changer le monde, cela me botte ! Je fais enfin des efforts… car, à nouveau, l'école a un sens pour moi. Je me lance à corps perdu dans les études. Je retrouve le plaisir d'apprendre. Je m'intéresse à l'anthropologie, à Margaret Mead qui m'ouvre d'autres sociétés possibles, à la sociologie de Bourdieu qui me fait prendre conscience de nos déterminismes, aux *Outsiders* de Howard Becker qui décrit la marginalité. Je souffre moins car je comprends l'ostracisme, la stigmatisation, l'exclusion dont les personnes différentes sont victimes. Je comprends les mécanismes sociaux qui ont conduit à ma souffrance et je me sens moins seul. Premier pas pour m'en affranchir. M'en libérer.

Ce qui m'aide surtout, c'est d'avoir à nouveau confiance en moi. Mon estime de soi, tombée bien bas, revient peu à peu. M. Giovacchini, mon prof de littérature, est un petit homme chauve, qui marche voûté, avec les mains dans le dos, aussi charismatique que passionné. Avec son costume d'un autre temps et sa sévérité de façade, il effraie la plupart des élèves, mais je sens bien, moi, toute sa générosité et sa bienveillance. Il devient mon père de substitution. Il a un petit côté désuet qui m'enchante. Il arrive à nous rendre passionnantes les descriptions à rallonge de Balzac. Je me souviens de la manière dont un détail, ou une figure de style dans un texte, une allitération dans une description, du genre « petits paillassons piteux en sparterie », étaient capables de le faire se dresser et s'enflammer ! Pour lui, la beauté et la profondeur des textes sont une source d'émerveillement permanent. Comme je le comprends ! C'est grâce à lui que je découvre vraiment la puissance de la littérature et décide de m'y consacrer. Je me souviens encore de l'extase de découvrir les poèmes d'*Alcools*, d'Apollinaire. Le tout premier texte que j'aie étudié vraiment… J'ai une gratitude infinie pour M. Giovacchini, détesté par la grande majorité de la classe, adoré d'une poignée d'entre nous. À la fin de l'année, nous lui souhaitons son anniversaire à l'aide d'une grande pancarte : « Nous ne sommes pas des copistes, nous sommes des poètes ! » La citation venait de son roman préféré, *Le Chef-d'œuvre inconnu*, de Balzac.

Ce professeur a marqué un tournant dans ma confiance en moi… À la fin de mes deux années à Melun, j'apprends qu'une option purement littéraire existe pour intégrer l'École normale supérieure. Mes bons résultats en lettres m'autorisent à faire une troisième année de prépa au lycée Balzac, à Paris, porte de Clichy. Là-bas, je m'épanouis davantage et suis plus sociable. Je participe à un atelier théâtre où je joue une scène de Marivaux avec Awa, qui est aujourd'hui encore l'une de mes meilleures amies. Je réussis les épreuves écrites. Les épreuves orales sont à Lyon. Je prends le train et je dors dans un Formule 1 au bord de l'autoroute. Je n'arrive pas à fermer l'œil. Le jour J, je suis tellement stressé que j'écris au stylo sur l'exemplaire des *Essais* de Montaigne, qui va servir à tous les candidats suivants. Je me fais engueuler par le jury. À l'épreuve de culture générale, je cite la scène de Marivaux que j'ai travaillée avec Awa. Je suis admis au concours, le dernier sur la liste. J'ai vingt ans, je suis fou de joie, j'ai réussi Normale sup. L'été qui suit, mes parents se séparent brutalement.

Quiz addict

À l'ENS, une vie ultra-privilégiée s'ouvre à moi. Je suis payé un Smic et j'ai le statut de professeur stagiaire pour finir mes études. L'entrée à Normale sup correspond à une période un peu déstabilisante : mes parents ont divorcé et la pression scolaire revient. Parmi tant de gens brillants, comment être à la hauteur pour passer l'agrégation de lettres ou faire une carrière universitaire ? Les autres élèves viennent de prestigieux lycées parisiens… J'ai beau avoir réussi le concours, je ne me sens pas à la hauteur. Quand je suis venu passer les épreuves orales, je n'ai pas réussi à m'intégrer à un groupe pour aller manger avec d'autres personnes à la cantine… et j'ai dû aller seul au McDo. Horreur, le Cercle du préau se reforme ! Je me sens parfois usé mentalement par les efforts, la fatigue des années précédentes.

Je trouve mon bonheur dans la compagnie des livres. Je ne m'arrête jamais d'apprendre. J'ai le démon de la connaissance, me socialise peu, et commence à entretenir un rapport obsessionnel au savoir encyclopédique.

Je m'intéresse à l'histoire de l'art, au cinéma, à d'autres domaines encore. Un jour, quelqu'un me parle du jeu en ligne *Questions pour un champion*, que je n'ai pas regardé depuis l'enfance. Je me souviens de la promesse faite à ma grand-mère Josefa de gagner un jour à ce jeu. Au début, je joue simplement pour m'amuser sur Internet. Je constate que je ne suis pas mauvais… Je continue à m'entraîner. Au fur et à mesure, je deviens un amateur de quiz et cela se transforme rapidement en addiction. Je m'entraîne avec des jeux en ligne, répliques de ceux de la télévision. Je découvre des sites internet dédiés, comme Bequiz où il y a foule de joueurs extrêmement redoutables, ou Monlégionnaire qui s'apparente à des courses intellectuelles de gladiateurs dans l'arène virtuelle. Il faut répondre à des questions de difficultés différentes pour devancer sur le sable les autres concurrents, sous les vivats du public. Quelle ambiance, quel délire ! Pour potasser, je déniche d'anciens *Trivial Pursuit* d'occasion sur Internet et je m'entraîne seul en lisant la réponse de toutes les questions sur chaque carte… Un nouvel « intérêt spécifique » qui me fait collectionner ainsi des dizaines de boîtes de *Trivial Pursuit* différentes, y compris des jeux à thème comme le *Trivial Pursuit vins de France*, le *Trivial Pursuit Picardie* ou un autre, *Pays de la Loire* !

Décider de participer à des jeux télévisés a été pour moi une drôle de résilience et un hobby qui a commencé à me prendre tout mon temps. À l'été 2010, je fais le grand saut et décide de participer à un jeu télé qui aura lieu à la rentrée et sera diffusé sur TF1, *Le Plus Grand Quiz de France*. Pour ne léser personne, le jeu laisse la possibilité aux participants de s'entraîner et d'apprendre la réponse à 25 000 questions. Le tour préliminaire est donc un questionnaire. Dix questions sélectionnées sur les 25 000. Je révise tout l'été comme un fou et me présente aux sélections à l'automne. Il y a des centaines de pages de réponses à apprendre, mais j'ai l'habitude ! Les questions sont très variées. À quel écrivain doit-on le personnage de Boule de Suif ? Guy de Maupassant. Avec quel chanteur Carole Fredericks et Félix Jones ont-il formé un trio ? Jean-Jacques Goldman. Quel conseil régional est présidé par Ségolène Royal depuis 2004 ? Poitou-Charentes. Comment se prénommait la sœur, sculptrice, de Paul Claudel ? Camille. À quel pape a succédé Jean-Paul II ? Jean-Paul Ier. Dans quel jeu télévisé intervenaient Barjabule et Mironton ? *Pyramide*. Quel nom rime avec Paul-Loup Sulitzer dans *Foule sentimentale* de Souchon ? Claudia Schiffer. De quel pays Tirana est-elle la capitale ? L'Albanie. Dans quelle ville se déroule chaque année le Festival interceltique ? Lorient. Quel est l'impératif du verbe « peindre » à la deuxième personne du pluriel ? Peignez. De quel groupe Jim Morrison était-il le chanteur ? The Doors. Comment étaient surnommés les enrôlés de force dans la Wehrmacht ? Les malgré-nous. Qui est le père de la fille de Vincent Cassel ? Vincent Cassel. En géométrie, combien de côtés possède un losange ? Quatre. Et ainsi de suite !

Les sélections ont lieu dans des studios de La Plaine Saint-Denis. Je descends à la porte de La Chapelle et je me repère facilement. Il y a des dizaines de milliers de candidats qui sont venus de toute la France et qui espèrent passer le premier tour. Dans la queue du casting, je parle avec deux d'entre eux, un vieux chauve et un jeune, ils s'entraînent et me demandent le nom du chanteur de Tokio Hotel. Tiens, je ne m'en souviens plus de celle-là. Ils s'exclament en chœur :

— Bill Kaulitz !

J'attends plusieurs heures dans la salle d'attente. Puis vient mon tour et je fais face aux deux casteurs pour ce premier tour. Les questions se déroulent sans encombre :

— La plus grande planète du système solaire ?

— Jupiter.

— Quel nom donne-t-on à la poche ventrale des marsupiaux ?

— Le marsupium !

Arrive soudain la huitième question :

— Quel est le prénom… du chanteur de Tokio Hotel ?

Cela m'amuse. Cette information, qui m'a échappé pendant un été de révisions acharnées, vient de m'être soufflée dans la queue. Un petit coup de pouce du destin…

— Bill !

— Bonne réponse !

Dix bonnes réponses. Je fais partie des rares participants dans toute la France à faire un sans-faute au questionnaire. Direction le second tour, où nous sommes convoqués quelques semaines plus tard. Nouveau questionnaire. Cette fois-ci, pas de liste des questions en amont. On doit appuyer sur des boîtiers, comme à *Qui veut gagner des millions*, pour donner la bonne réponse parmi quatre propositions.

— Quel est le titre de noblesse le plus élevé ? Duc ? Baron ? Comte ? Marquis ?

J'arrive premier de ma catégorie d'âge, les moins de trente ans. Je suis qualifié pour les demi-finales avec dix autres candidats. La finale est en ligne de mire. La manche des demies est diffusée en *prime time* sur

TF1. C'est la première fois que je découvre un studio de télévision. Dans les coulisses, on nous filme comme dans un programme de téléréalité. Le jeu est présenté par Mareva Galanter, Christophe Dechavanne et Jean-Pierre Foucault. Moi, je suis concentré sur les questions. Au moment de l'épreuve, je dois répondre au plus grand nombre de questions possibles en un temps record.

Les animateurs enchaînent à toute vitesse. Avec le stress, mon cœur s'accélère. Je réponds de plus en plus fort, de plus en plus vite. Je perds en lucidité, m'embrouille dans une ou deux réponses. C'est déjà la dernière question. Jean-Pierre Foucault demande :

— Quel est le prénom du compositeur Berlioz ?

Je vois que le temps file, file, file… Je hurle :

— Hectoooooor !!!!!

Quand ils m'entendent crier « Hectoooooor ! », Christophe Dechavanne et Jean-Pierre Foucault éclatent de rire en même temps. Ils reprennent en riant : « Hector ! »

Trop stressé, je passe à un cheveu de la finale et suis éliminé à cause d'une question bête sur Marie-Louise, la seconde épouse de Napoléon Bonaparte. Avec la séquence Hector, je me retrouve dans le bêtisier de Canal+… et tous mes amis ont bien rigolé quand ils m'ont vu, l'espace de cinq secondes, dans leur petit écran, pousser ce cri désespéré.

Je ne me décourage pas, déterminé à m'entraîner et à gagner à ces jeux de culture générale. Je poursuis mon expérience en passant des castings, avec le sérieux d'un comédien cherchant à décrocher son premier rôle.

Peupler ma solitude

Pour *Questions pour un champion*, tout s'est mieux passé. Le jour du casting, je suis convoqué à la mairie du dix-septième arrondissement avec une soixantaine de prétendants. Pour les sélections de « QPUC », c'est la connaissance qui est valorisée ; deux questionnaires de quarante questions. À la fin de chacun, on donne sa copie au voisin ou à la voisine de rangée pour se faire corriger. Il faut obtenir la moyenne à chaque fois. Puis il y a une phase d'interview où l'objectif est de montrer notre aisance face à la caméra. Un pas de danse est demandé, et j'ai tenté un épouvantable *moonwalk* ; je ne sais pas si cela a un lien, mais j'ai eu la chance d'être appelé rapidement par la production.

C'est ainsi qu'a commencé la grande aventure de *Questions pour un champion*, prolongement naturel de mes études et de mon goût de la connaissance. Je suis appelé une première fois au printemps 2012. Je remporte trois émissions consécutivement. L'été suivant, je suis cette fois-ci convoqué pour participer à l'émission…

Questions pour un super champion, avec les meilleurs joueurs des derniers mois ou années. J'ai révisé comme un fou pendant des mois. Je me suis inscrit dans le Club Questions pour un champion (qui existe toujours, je les salue !) de la rue de la Sourdière, dans le premier arrondissement de Paris. J'allais m'entraîner durant trois heures de suite, deux fois par semaine, à répondre à des questions à une vitesse effrénée, avec les meilleurs joueurs de la région parisienne, que pour certains j'avais aperçus sur TF1, quelques années auparavant, ou que je côtoyais également sur Internet… J'ai appris comment « buzzer » après sept secondes et demie, parce qu'à partir de huit secondes « la main passe » et que vous n'avez que huit secondes pour répondre « à quatre points ». J'ai récupéré des questionnaires au Club de Paris 1. Je révisais quatorze heures par jour. Je n'allais plus en cours à l'université. Je passais toutes mes journées à apprendre des questionnaires. Wikipédia me fournissait des listes entières : celles des points culminants des pays, la superficie des mers du globe, les lauréats de la Palme d'or depuis 1955. Si on me demandait une année, je connaissais tous les vainqueurs du championnat du monde de Formule 1 et du Paris-Dakar depuis leur création. Cela pouvait aider.

Le niveau était incroyable, j'ai progressé à une vitesse folle à leurs côtés ! J'étais le benjamin et un peu le chouchou du club. Même s'il y a une part de folie douce dans cette passion pour ce jeu télévisé, j'ai rencontré des personnes adorables, des hommes et des femmes « geeks » pour la plupart, et je me suis bien amusé… Je crois que chacun a de toute façon sa part de bizarrerie, d'extravagance. Pourvu qu'on soit heureux, c'est l'essentiel. J'ai passé tout mon temps libre à m'entraîner, c'était devenu une véritable obsession. Pour ne rien laisser au hasard et n'avoir aucun point faible, j'apprenais des tonnes de listes de plein de choses, plein d'informations dont je me farcissais la tête. C'était l'été, je restais la plupart du temps enfermé dans mon appartement, je me nourrissais exclusivement de gaspacho. Je faisais un peu de sport pour garder la forme. Je me souviens que j'effectuais des exercices d'échauffement, en faisant des grands moulinets avec les bras et en récitant la liste des éléments chimiques du tableau périodique de Mendeleïev :

— Hydrogène, hélium, lithium, béryllium, bore…

Le summum était la liste des années où les fromages français avaient obtenu leur AOC, appellation d'origine contrôlée, liste que j'avais consciencieusement apprise car si je tombais sur une question « Gastronomie », je savais que le premier indice donné par Julien serait certainement la date de l'AOC du produit. Il suffisait de mettre un peu de méthode dans les révisions pour optimiser mes chances de vaincre.

Même quand j'allais aux toilettes, j'avais mon casque sur les oreilles et je révisais la liste des inventions célèbres et de leurs inventeurs, que j'avais soigneusement enregistrée sur mon ordinateur. Baladeur mp3 : Diamond. Frisbee : Morrison et Francioni. Monopoly : Elizabeth Magie et Charles Darrow. Monsieur Patate : George Lerner. Mots croisés : Arthur Wynne… Sur la porte des W.-C., j'avais une affiche avec le dessin des principaux arbres de Paris : l'arbre de Judée (*Cercis siliquastrum*), le robinier (*Robinia pseudoacacia*), qui est le plus vieil arbre de la ville, ou encore le bel oranger des Osages (*Maclura pomifera*) que l'on trouve au

Champ-de-Mars. Tout dans ma vie était consacré à la compétition et au défi que je m'étais lancé.

C'est comme ça que j'ai commencé à réviser pour *Questions pour un champion*. Je me suis rempli la tête de listes entières d'informations, pour peupler ma solitude. Pour oublier l'essentiel, pour dompter l'absence et le chagrin. Comme si apprendre des milliers d'informations pour rien, comme si cette mobilisation compulsive de la mémoire était un réflexe de survie. Un acte de résistance. Pour continuer à exister.

Quand on est triste et seul, le cœur demande du plaisir, du plaisir. Et n'en trouve pas.

Je me suis confectionné un abri, un bunker dans la mezzanine de mon appartement. J'ai fait des trous dans les cloisons. J'ai fixé des chevilles et à ces chevilles, j'ai accroché des rideaux opaques qui ne laissaient plus passer une seule parcelle de lumière. J'étais dans le noir complet. J'étais reclus dans la solitude de ma mezzanine nuit et jour.

J'y ai passé tout l'été. J'avais décidé d'apprendre le maximum de choses par cœur. Toutes les listes que je pouvais trouver sur Wikipédia m'étaient utiles. Je devais me farcir la mémoire de choses. Le plus de choses possibles, pour oublier que j'étais seul. C'était un été très chaud, j'étais en nage dans ma mezzanine sous les toits.

D-Day

Le grand jour, direction les studios de télévision. On est le 15 août 2012, jour de l'Assomption de la Vierge, et je me retrouve dans les loges de l'émission *Questions pour un super champion*, à Saint-Denis.

Ce matin-là, je n'entends pas mon réveil. La veille, j'ai eu du mal à m'endormir. J'arrive à la bourre, en sueur, et l'assistante de production prend un sèche-cheveux pour enlever les traces de transpiration sur ma chemise. Les autres candidats sont déjà là, Renée-Thérèse, une bibliothécaire habitant près d'Avignon, Jean-Michel, un ingénieur très entraîné, et Caroline, brillante professeure de droit à l'université : ils ont l'air redoutable. Je bois café sur café et me goinfre de madeleines. Après le passage éclair dans les loges, on s'installe juste derrière le plateau en attendant le début de la partie. Le plafond est fissuré et j'ai de l'eau qui me tombe sur le crâne. J'entends un bruit de gouttes, floc, floc. Le studio est bruyant comme une ruche, les techniciens font les derniers réglages. Une odeur de brûlé flotte dans l'air à cause des projecteurs.

Je vais entrer sur le plateau d'un moment à l'autre, et je révise dans ma tête les dates de naissance des champions cyclistes célèbres : « Gino Bartali, 1915… Jean Robic, 1920… Louison Bobet, 1925, né à Saint-Méen-le-Grand en Ille-et-Vilaine… »

C'est là que le présentateur, Julien Lepers, vient vers moi. Il m'a vu marmonner dans mon coin, ça l'a amusé. Il s'approche et me dit :

— Qu'est-ce que tu fais ?

— Je révise !

— T'es toujours en train de réviser, toi !

Julien Lepers a l'air surexcité, comme on le décrit souvent, mais surtout plein de tendresse et de mélancolie. Il a eu une première carrière de chanteur, et se verrait peut-être ailleurs, en ce moment, dans une vie rêvée, entouré de musiciens. Je sens comme une envie sincère chez lui d'être proche de tous ces candidats qu'il voit défiler. Je crois qu'on s'est tout de suite appréciés. On entre sur le plateau pour la photo, tous ensemble. Je respire profondément et Julien me met une petite tape sur l'estomac en faisant cette étrange remarque :

— Rentre ton ventre !

De quoi il se mêle ? Je rentre mon ventre si je veux, d'abord ! Je me suis posté derrière le buzzer et le jeu a commencé :

— Donnez-moi ce passereau… Quel petit passereau dont il existe une soixantaine d'espèces… Oui, Caroline ?

— Le moineau ?

— Ah, non ! Peut être bleue, charbonnière… Oui, charbonnière ?

J'ai tenté :

— La mésange ?

— Oh oui, la mésange ! Il a raison ! La mésange, bleue, charbonnière ou nonnette… d'accord !

Je suis bien parti dans la première manche. Julien Lepers faisait même des « olé ! » pour m'encourager quand je trouvais une réponse juste.

Pour la deuxième manche, le « Quatre à la suite », je devais choisir parmi quatre thèmes. Je n'avais que cinq secondes pour ça, c'était du direct. Les thèmes se sont affichés. J'ai vu le thème « Rémus et Romulus » apparaître en premier, et je me suis dit aussitôt : « Choisis le thème que tu veux, sauf celui-ci ! » Les autres sont apparus : « La France et l'Europe », « Les villes des sports d'hiver », le thème « Mystère », qui était aléatoire…

Julien m'a relancé :

— Qu'est-ce que vous prenez, Olivier ?

J'ai paniqué complètement et j'ai dit :

— Rémus et Romulus !

Je me suis emmêlé les pinceaux mais j'ai quand même réussi à obtenir trois points et à aller au tie-break face à Renée-Thérèse, qui avait fait le même score.

Julien a annoncé, très solennel :

— Olivier, Renée, le premier ou la première qui arrive à deux points est qualifié pour le face-à-face avec Jean Michel… Donnez-moi ce roman…

Au moment où le tie-break allait démarrer, le boîtier son, qui équipe tous les candidats, s'est décroché de la poche arrière de mon jean. Je suis resté concentré, quand Renée-Thérèse a appuyé trop vite :

— *Le Docteur Jivago* ?

C'est moi qui ai trouvé la réponse. *L'Idiot* de Dostoïevski. Renée-Thérèse aurait pourtant mérité de gagner autant que moi. Très fair-play, elle m'a encouragé pour la suite de l'émission. Le speaker s'en est donné à cœur joie :

— Renée-Thérèse, vous repartez avec le *Larousse de la cuisine* et le coffret « Un rôti pour dimanche ». Sortez des sentiers battus du repas dominical, avec des rôtis succulents et des recettes goûteuses à souhait, pour régaler gourmands et gourmets !

Je parviens ensuite à battre le dernier candidat, Jean-Michel, et me retrouve en finale contre le champion en titre, qui s'appelle Michel (oui, je sais, entre Jean-Michel et Michel les prénoms sont difficiles à suivre !). Michel est informaticien à la retraite, c'est un spécialiste du jeu. Il mène rapidement au score et semble bien meilleur que moi ! Je m'accroche. Une question sur la tartiflette me ramène à 12-12. Julien Lepers s'est enthousiasmé :

— C'est la tartiflette, bien joué ! Des pommes de terre, du gratin, des lardons, des oignons, sur lesquels on étale du reblochon…

Grâce à une question sur *La Mouette*, Michel a mené à nouveau 18-12. Il était proche de la victoire, en 21 points. Je suis resté concentré.

— Question histoire ! s'est exclamé Julien.

— Je prends la main, ai-je balbutié.

— Top ! Reine des Francs née vers 475 à Lyon, je suis la fille du roi des Burgondes…

J'ai appuyé sans avoir encore la réponse. Mon cerveau allait à toute vitesse. À cause de la date, j'ai pensé au roi Clovis, et à son épouse, la célèbre reine Clotilde :

— Clotilde ?

Julien a mis de l'huile sur le feu pour s'amuser :

— C'est Clotilde ! Vous ne l'aviez pas, Michel ! Avouez, vous ne l'aviez pas, non !

J'ai encore pris quelques points sur la question suivante. La tension était à son maximum et Julien a fait le bilan :

— 19 à 18, et j'annonce : botanique !

La question a commencé :

— Fruit d'un arbuste dont le nom scientifique est *Ribes rubrum*…

Je connaissais bien ces plantes. J'ai pris une grande respiration et j'ai dit :

— La groseille !

— Et c'est gagné !

Julien a lancé ses fiches en l'air. J'ai gagné cette émission, puis celles qui ont suivi, et j'ai reçu une jolie cagnotte de 50 000 euros. Au total, j'ai remporté cinq fois l'émission *Questions pour un super champion* en 2012. Je suis allé au bout de ce défi.

À la fin de la dernière, j'ai remercié ma grand-mère adorée, Josefa. J'ai beaucoup pensé à elle pendant l'émission. C'était à cause d'elle que je ne pouvais pas abandonner. Je devais tout faire pour gagner. J'avais fait une autre promesse à ma grand-mère Josefa. Je lui avais promis que si je gagnais à la télévision, je dirais que c'était grâce à elle, que c'était elle qui m'avait tout appris. Et c'est ce que j'ai fait !

Josefa, depuis que son mari est mort « de la cigarette », comme elle dit, habite en banlieue de Fontainebleau dans une résidence pour seniors. Depuis que je suis passé à *Questions pour un champion* au printemps, elle est devenue une star dans l'immeuble. Elle n'est plus considérée comme une immigrée mais comme « la grand-mère du champion ». Et on ne lui demande plus de faire le ménage ou de recoudre un bouton, mais on vient la voir pour lui apporter des fleurs.

La première fois qu'elle m'a vu à la télévision, elle m'a appelé tout de suite après l'émission pour me dire :

— Qu'est-ce que tu es beau ! Qu'est-ce que tu as maigri à la télévision !

Elle s'est beaucoup inquiétée de savoir si j'avais été bien nourri là-bas, chez Julien. Elle m'a raconté que sa voisine, Mme Roland, a regardé toutes les émissions avec elle et applaudissait à chaque bonne réponse. Ç'a été comme ça à chaque nouvelle émission et à la fin, tout l'immeuble était dans le salon de ma grand-mère pour m'encourager.

Il y a quelques jours, quand elle a appris que je participais à *Super Champion*, Mme Roland est venue voir Josefa pour lui dire qu'elle partait à Lourdes et qu'elle déposerait un cierge pour ma grand-mère et pour moi.

Le coup de Lourdes, ça l'a beaucoup amusée, Josefa. Elle m'a appelé pour me raconter et elle m'a dit :

— Peut-être que je vais devenir une sainte, comme sainte Bernadette !

Elle a allumé des bougies dans sa cuisine pour que je gagne à *Super Champion*.

Je me demande si ce n'est pas grâce à Mme Roland et à son pèlerinage à Lourdes que j'ai gagné à *Questions pour un champion*. En tout cas, les bougies de Josefa, ça n'a pas pu faire de mal !

Échouer

Paradoxalement, quelques années après ces victoires à la télévision, l'expérience qui va m'être le plus utile dans la vie commence par un échec. Une débâcle fracassante et monumentale. Le premier grand échec professionnel de mon existence. Il me force à me réinventer et à trouver un moyen d'être vraiment heureux au quotidien. Ce fiasco intervient à mon entrée dans le monde du professorat.

Tout commence par un sentiment de mal-être au quotidien. Je subis de la part de mon directeur de thèse un harcèlement moral méthodique. Cela consiste en une dévalorisation permanente de mon travail de recherche sur la poésie, jugé inintéressant, puis ce sont des commentaires sur mon physique ou mes vêtements. J'ai droit à des remarques systématiques sur la nullité de mon style, mon manque d'investissement dans le travail (propos pourtant contradictoire avec le zèle que je mets à publier des articles sur mon sujet de recherche), mon style, l'état de propreté de mes vêtements. Autant de remarques arbitraires, abusives, incohérentes.

Les petites humiliations s'enchaînent, toujours plus difficiles à supporter. Ce sentiment de mal-être, je n'arrive pas à m'en défaire. Tout cela pour ça ? Faire autant d'études, toutes ces années à me reconstruire, à force de courage, pour connaître à nouveau la cruauté que j'avais subie enfant et à laquelle j'avais échappé ? Apprendre autant de choses… pour rien ? Un grand désespoir s'empare de moi. Mes autres interlocuteurs à l'université m'offrent un soutien inexistant ou timide. Pourtant, j'aime passionnément mes études, la littérature, je porte une véritable passion à ce que j'étudie… Mais à quoi bon ? Comment faire face à l'hostilité, si l'on m'empêche de faire ce travail ? Il m'est devenu impossible de le poursuivre dans des conditions minimales d'épanouissement. Que faire face à une personne qui est votre supérieur hiérarchique et qui abuse de son pouvoir pour vous empêcher d'exister ? Comment ne pas ruminer l'injustice ?

Je commence à faire un blocage. À chaque rendez-vous ou réunion professionnelle, je n'ai tout simplement plus la force de bouger et de me rendre sur place. Tout se met à ne plus avoir de sens. Aucun sens. Peu à peu, je commence à tomber dans un état dépressif. Une chose me devient alors absolument et curieusement indispensable, comme une régression enfantine : je regarde les dessins animés le matin à la télévision. Au lieu de me rendre aux réunions à l'université, je reste emmitouflé dans une couverture, dans mon appartement, et je regarde les dessins animés sur un vieux téléviseur. La seule chose que je sais, c'est que je ne veux pas rater les dessins animés. *Tintin* d'abord… et surtout *Yakari* ensuite, en fin de matinée.

Je commence à nourrir une véritable passion pour ce dessin animé, dont l'innocence me console. La seule chose qui m'apaise dans le monde entier, c'est *Yakari*. À 11 h 15 pétantes sur Gulli, ou W9, je ne me souviens plus exactement de la chaîne, je reste chez moi à regarder… *Yakari* ! Le petit Amérindien avec ses amis Arc-en-Ciel, Celui-qui-sait, Graine-de-Bison… et bien sûr Petit-Tonnerre, le cheval fidèle, Grand-Aigle, le grand sage, le totem, ou Double-Dent, le castor… les aventures de Yakari m'enchantent et mettent un baume sur mon mal-être quotidien.

Comme Yakari, au fond, je suis celui qui a un super pouvoir… Je sais parler aux animaux. Car la poésie, c'est cela, le langage universel de la beauté, la communion avec le monde. Et je décide que je m'en sortirai. Je peux dire aujourd'hui que *Yakari* m'a accompagné fidèlement pendant cette phase de profonde remise en question professionnelle.

Pour fuir le terrible monde de l'université, qui me rend si malheureux et réactive en permanence en moi des pensées parasites de type « J'ai tout raté », « Je ne suis pas adapté », « Je devrais m'intégrer davantage, trouver ma place dans la société », et ainsi de suite, je demande ma mise en disponibilité à l'issue des trois premières années de thèse, pour prendre du recul et soigner mon mal-être. Cette demande ayant été refusée, par manque d'effectifs, je vais enseigner l'espagnol dans le secondaire à la rentrée. À moi le contact avec les élèves. Il est temps de mettre les mains dans le cambouis.

Prof, finalement

À la rentrée, donc, je suis affecté comme professeur d'espagnol dans un lycée en banlieue parisienne, dans l'Essonne. Lycée général et professionnel Clément-Ader. Je n'ai pas mon permis de conduire et, pour m'y rendre, c'est le parcours du combattant. Bus, métro, RER, puis encore un temps de marche assez long.

En arrivant le premier jour, j'ai d'abord un sentiment très étrange… comme si je faisais ma rentrée scolaire à nouveau. Je suis d'emblée en empathie totale et profonde avec les élèves, dont beaucoup ont l'air bien malheureux ici.

Je suis frappé par la foule, par le bruit qui règne en maître dans ce lycée, un vacarme assourdissant. Cela me semble un véritable capharnaüm, avec les couloirs exigus, les locaux peu enthousiasmants. Quatre blocs, A, B, C et D. Quelque chose du décor d'une série comme *Prison Break* ou *Orange Is the New Black*. La réunion administrative me semble très froide et dépourvue de tout enthousiasme pour la mission d'enseigner. Dans la salle des profs, les collègues me mettent gentiment en garde :

— Olivier, le but n'est pas de sauver tes élèves ou de te faire aimer d'eux… Pendant les premiers mois, la seule chose qui importe, c'est de se faire respecter. Tu dois être un shérif, un instructeur militaire !

Ces profs qui ont plus d'expérience que moi ont-ils raison ? Si c'est le cas, c'est vraiment difficile d'entendre cela pour moi. Je n'ai aucune envie d'instaurer un rapport d'autorité ni de méchanceté avec eux. « Il faut les mater, c'est clair, pendant les six premiers mois ! » insiste une collègue d'histoire, plus véhémente encore que les autres.

Le lendemain, le deuxième jour, je prends quand même mon courage à deux mains et je donne mon premier cours. Je fais l'appel, puis demande à mes élèves de remplir des fiches. Je m'efforce de mémoriser leurs prénoms. Puis je commence mon cours sur le verbe « être », *ser* et *estar* en espagnol.

Estoy
Estás
Está
Estamos
Estáis
Están

Muni d'un feutre, je commence à barbouiller le tableau blanc, en le remplissant de tout un tas d'informations, de déclinaisons. Pendant que j'écris, certains élèves attentifs, assis au premier rang, semblent amusés par quelque chose. Certains lèvent la main et s'exclament :

— Monsieur ! Monsieur !

Les collègues m'ont conseillé d'être sévère et de « tenir ma classe » à tout prix. Alors je me retourne et fais semblant de les gronder, autoritaire :

— Chut ! Chut ! Les questions, c'est ensuite !

Ils insistent :

— Mais, Monsieur !

Je réponds :

— Non ! D'abord *ser y estar* ! On recopie d'abord les verbes !

C'est à la fin du cours, lorsque je veux effacer le tableau, pour laisser la place nette au professeur suivant, que je me rends compte de mon énorme gaffe. J'ai écrit au feutre rouge sur l'écran d'un vidéoprojecteur dernier cri, et pas sur un tableau ! Je comprends mon erreur et me retourne. Les élèves étouffent quelques rires. Certains me regardent avec gentillesse, d'autres avec un mélange de commisération et d'effroi. Une élève au premier rang s'exclame timidement :

— Monsieur, vous avez écrit sur l'écran du vidéo-projecteur ! C'est ce qu'on essayait de vous dire, Mathis et moi !

Je me tourne vers la gamine et fais une moue piteuse et désolée. Éclat de rire général. Adieu, tout espoir d'autorité. La sonnerie retentit, les élèves se dispersent. Vite, réparer l'erreur avant qu'un collègue ne s'en aperçoive ! Hélas, plus je tâche d'effacer mon crime, plus l'écran se couvre d'un immense gribouillis rouge… Une véritable œuvre d'art, avec des bribes de verbes *ser* et *estar* à moitié effacées. Un mélange de Jackson Pollock et de paëlla Picard. Un carnage. Quelle honte. J'abandonne avec consternation la toile hors d'usage. Pour mon premier cours, j'ai complètement détruit le matériel vidéo de la salle de classe.

Je repasse par la salle des profs. Les enseignants continuent à s'agiter, ils me font presque peur pour certains, parlent de leurs premières sanctions distribuées. Ils m'impressionnent de plus en plus en lançant des :

— T'as raison, Josyane ! Dès le début de l'année, il faut se faire respecter ! Il faut les tenir ! Les premiers jours sont essentiels ! Tu ne dois rien laisser passer, sinon t'es foutue ! C'est la guerre !

Autour d'elle, tout le monde acquiesce. J'ouvre de grands yeux. La guerre ?

Le soir, j'ai des nausées et m'écroule aussitôt rentré chez moi, secoué de sanglots. Mon mal-être est total. Où trouver du sens à ce que je fais ?

Le troisième jour, changement de méthode. Je décide de faire confiance aux collègues et d'imposer mon autorité. Je commence par passer par la case photocopieuse afin d'imprimer des exercices. Désillusion, impossible de faire fonctionner la machine ; au bout de cinq minutes, j'ai réussi à la bloquer et n'ai toujours pas fait la moindre photocopie. Tant pis ! Je ne vais tout de même pas tout casser dans ce lycée. Au diable le matériel, je me concentrerai sur l'échange à l'oral, après tout, c'est le meilleur moyen d'apprendre une langue. En revanche, ma stratégie est claire : je vais renvoyer le premier élève que je vois en train de bavarder.

Ça ne tarde pas. Je remarque un élève qui n'est pas du tout concentré et qui rigole avec un camarade. Je n'ai pas encore les prénoms bien en tête, mais je crois qu'il s'appelle Lucas. Sur une feuille, j'écris un long et terrible rapport au sujet de Lucas : « Le comportement de Lucas est inadmissible, il faudra faire le point très vite avec lui et ses parents sur son investissement… » Fier de moi, je l'envoie à la vie scolaire, accompagné par un camarade, avec le rapport d'incident destiné à l'administration. À son retour, le camarade me dit :

— Monsieur, il est bien allé à la vie scolaire. Mais vous avez confondu, dans le rapport… C'est Théo que vous avez exclu, pas Lucas ! Lucas, il est là-bas, il dort, au fond !

Je prends soudain conscience de mon erreur. Lucas se redresse et me jette un regard noir :

— Hein ? Qu'est-ce qui se passe ? J'ai rien fait, moi, Monsieur !

Je me suis trompé dans les prénoms. J'ai voulu jouer au prof autoritaire et j'ai puni un élève innocent. Je suis le Gaston Lagaffe des profs. *Very, very bad teacher !*

Je m'excuse platement auprès de Lucas. Je sens que malgré mes gaffes, les élèves m'aiment bien au fond ; j'ai de l'affection pour eux en retour, mais aucune capacité à faire régner la discipline. Même les élèves qui chahutent me touchent, et je n'arrive pas réellement à leur en vouloir. J'ai de l'empathie pour eux au lieu de les sanctionner. Suis-je vraiment fait pour enseigner ?

Quelques jours plus tard, je suis au plus mal. Je tremble de tout mon corps et ne cesse plus de vomir. Je me fais arrêter pour quelques jours par un médecin. Je téléphone au secrétariat du lycée, qui me répond de manière sèche que j'ai intérêt à justifier rapidement mon absence.

Je suis complètement perdu. J'écris une longue lettre à l'inspectrice d'académie afin de lui demander des conseils et de l'aide pour cette prise de fonctions difficile. Je n'obtiens une réponse que plusieurs mois plus tard. Une réponse laconique, qui tient en deux phrases. Elle ne peut rien faire pour moi dans l'immédiat, elle me conseille de reprendre mon poste et de la recontacter à ce moment-là. Cette indifférence de la hiérarchie est une blessure supplémentaire. Je ne lui demande pas de changer en profondeur un système dans lequel des personnalités comme la mienne ont du mal à s'adapter. J'aimerais simplement avoir un interlocuteur à qui exposer ces difficultés et ma bonne foi.

En janvier, la mort dans l'âme, je ne vois pas d'avenir possible dans le professorat. Pas d'horizon. C'est un énorme échec professionnel, après toutes ces années d'efforts. Je prends alors une décision qui va être importante pour moi : démissionner de l'Éducation nationale. Je suis au bout du rouleau et n'ai pas la moindre idée de ce que je pourrai faire par la suite. Une seule certitude, lorsque j'écoute mon corps : je ne peux pas poursuivre une expérience professionnelle qui engendre un tel mal-être. Je ne parviens plus à surmonter au quotidien cette souffrance mentale et physique. Je ne peux tout simplement pas mettre un pied devant l'autre.

Je me suis totalement investi dans mes études, j'y ai mis le meilleur de moi-même, toute mon énergie, toute mon intelligence, tout mon temps. Tout ce que je pouvais, tout ce que j'étais. Et d'un seul coup, ce qui était une réussite exemplaire devient un échec fracassant. Du jour au lendemain, je ne vaux plus rien aux yeux de la société. Je suis dans un état d'épuisement physique, émotionnel et mental. C'est bien ce qu'on appelle un *burn-out*.

Avec cet échec, je me retrouve sans revenus. Je ne peux pas prétendre au chômage puisque j'ai démissionné. J'ai des interrogations professionnelles plus grandes que jamais, moi qui ai déjà changé plusieurs fois d'orientation pendant mes études : sciences sociales, lettres modernes, histoire de l'art, espagnol… Je n'ai décidément, malgré toutes les connaissances que j'ai emmagasinées, aucune capacité à me sentir heureux dans le métier de professeur, qui était celui de mes parents. En outre, la phobie scolaire de mon enfance est revenue à l'identique… cette fois dans le rôle du prof !

Perte de sens totale. Après cette démission, je ressens plus que jamais le sentiment de nullité. Trois millions de fois par jour, je me dis que j'ai complètement raté ma vie. Je ressens de manière ultra-aiguë l'injonction à la réussite, avec le sentiment d'être passé à côté. J'étais donc un enfant précoce, un surdoué, et j'en suis arrivé là ? Je répète dans ma tête : « Quel gâchis ! » Le gâchis, oui, est le sentiment dominant. Celui d'avoir gaspillé mes capacités, d'avoir tout saboté. Les vertus de l'échec ? Je ne les ai pas encore comprises. En réalité, ce basculement soudain va révolutionner ma vie. Je vais tout reconstruire, sur d'autres bases.

Bombe d'Hiroshima

En 2015, j'ai vingt-sept ans et, après des études interminables, je suis complètement désorienté. Que faire d'autre que l'enseignement, moi qui étais destiné par mes études au même métier que mes parents ? Je me crée un statut d'auto-entrepreneur et gagne ma vie un temps en faisant des piges pour une entreprise de jeux vidéo. Mais cela n'est pas très stimulant. Peu à peu, l'envie de sens commence à revenir… Un jour, je déjeune avec des amis qui sont artistes, Matthieu fait du cinéma et Marion est metteuse en scène de théâtre. Ils me parlent d'une école de danse située à Paris, à la Goutte-d'Or, me disent que cela me ferait peut-être du bien. Dans cet état de désorientation professionnelle, je m'inscris pour un stage de six mois, sans trop savoir où je vais mettre les pieds. Je mens sur ma familiarité avec la pratique artistique pour être admis à l'école, et cela marche. Elle se situe entre un commissariat et un boui-boui où l'on peut boire du thé à la menthe pour un euro et déjeuner d'un couscous maison pour trois.

Le stage consiste en une série d'ateliers de plusieurs semaines, avec des artistes professionnels issus de différentes disciplines. Le premier cours, à ma grande surprise, moi qui m'attends à réciter des alexandrins… est un atelier de danse japonaise contemporaine. Cette danse s'appelle le butō. Une danse que je ne connais même pas de nom… et ce n'est pas comme si je ne m'étais pas entraîné à tout connaître !

J'ai pour professeur la plus célèbre des danseuses de butō japonaises installées en France. Elle s'appelle Yumi et travaille dans sa propre compagnie. Je rame complètement au début. Yumi nous fait tout de suite comprendre qu'on n'est pas là pour rigoler, le butō est une chose sérieuse. Les cours de danse version Yumi, c'est spécial. La première chose que j'apprends, c'est la marche japonaise. Quand on pratique ce mouvement singulier, on avance en faisant glisser la plante des pieds sur le sol, très lentement. Mains contre l'articulation des hanches. La clé pour la marche japonaise, nous dit Yumi dans un mélange de français et de japonais qui m'a rendu d'emblée toutes ses instructions incompréhensibles, c'est de penser sans rire à de la merde de pigeon :

— Caca Pigeon, répétait Yumi mystérieusement. Caca Pigeon ! Vous avez du Caca Pigeon sur sommet la tête !

On était une quinzaine dans le cours de danse, et on essayait tous de marcher avec les mains sur les hanches, en pensant à Caca Pigeon. Tous les matins, 8 h 30. On commençait par s'échauffer. Il fallait détendre ses orifices. Détendre « Anu » avant toute chose, disait Yumi. Il fallait « respirer Anu », la « souplesse Anu » était essentielle. « C'est une affaire de vie ou de mort. » « Imaginez vous avez balle tennis Anu ! » « Détendre Anu ! » Puis, quand nous étions bien échauffés et que tous nos orifices étaient bien souples, nous mettions nos mains bien à plat sur l'os de la hanche, et nous commencions à marcher à la japonaise. Quand nous nous croisions, nous devions hurler un cri de guerre terrifiant (« Ugh ! ») et effectuer une légère rotation du corps pour esquiver l'adversaire, puis reprendre notre marche sans dévier un seul instant de notre trajectoire, qui devait être toujours en ligne droite.

La marche japonaise m'a révélé à moi-même. J'avais l'impression d'être à l'exact opposé de *Questions pour un champion*, d'exister dans un corps et avec la totalité de mon corps. Parfois, Yumi introduisait de nouveaux exercices, de nouvelles façons de marcher. Nous devenions des équilibristes, des marionnettes. Il fallait soulever très lentement les pieds comme sur un fil tendu au-dessus du vide.

J'ai suivi des cours pendant plusieurs mois avec Yumi. Ce que je préférais, c'était la Pirouette de l'Éternité. On se suivait tous en file indienne, on formait un carré dans l'espace et on tournait sur nous-mêmes jusqu'à avoir le tournis. Yumi appelait ça la Pirouette de l'Éternité. Rien que le nom me semblait extraordinaire. Pirouette après pirouette, je me sentais renouer avec quelque chose de très profond, au fond de mon propre corps, une joie de vivre, une envie folle de danser…

Avec le cours de danse de Yumi, je suis passé par toutes les émotions, toutes les difficultés aussi. Le soir j'étais exténué et parfois en pleurs, car les cours duraient plus de quatre heures chaque matin et on devait continuer à s'exercer l'après-midi. Il arrivait aussi que Yumi nous propose des jeux d'animaux. Nous devions contrefaire un animal, le chat à quatre pattes, l'ours grognon, devenir un oiseau qui s'envole, séduire l'animal en face… et toujours détendre Anu !

Quand nous n'étions pas assez détendus, Yumi se mettait à quatre pattes et venait nous lécher le bout des doigts. C'était un travail absolument magique.

Yumi m'aimait beaucoup, mais elle disait que le haut de mon corps et le bas de mon corps n'étaient pas du tout en connexion. Elle m'a expliqué que je devais être comme un arbre, comme un Olivier, faire ployer mes branches et me connecter à mes racines.

J'ai réussi enfin à me lâcher le jour de la Bombe d'Hiroshima.

Le principe de la figure japonaise dite de la Bombe d'Hiroshima est le suivant. Il fallait retenir notre respiration le plus longtemps possible, penchés en avant. Comme si nous étions constipés, nous expliquait joliment Yumi. Puis, quand nous n'en pouvions vraiment plus, toute l'énergie se libérait, et nous hurlions comme si nous étions une bombe d'Hiroshima qui explosait. Et ensuite ? « Improvisez », disait Yumi. Ça donnait de drôles de choses, vous pouvez me croire. Je n'ai jamais vécu une expérience humaine aussi étrange. Quinze personnes qui s'arrêtaient de respirer à la frontière de la vie et de la mort et qui tout à coup se mettaient à hurler, à sauter dans tous les coins comme des bombes à fission nucléaire et à se jeter les unes sur les autres.

Un jour, on a dû arrêter de faire l'exercice de la Bombe d'Hiroshima car on ne le maîtrisait pas suffisamment et ç'a dégénéré. On faisait tous la bombe prête à exploser en retenant notre respiration, et puis à un moment, Yumi a dit : « Allez-y ! » Et là, Francesca Vasconcelos m'a foncé dessus. J'ai eu peur, je me suis écarté et elle s'est encastrée dans le mur et s'est fêlé le coccyx. On a dû faire une pause avec Hiroshima.

Heureusement pour Yumi, la douleur était positive : « Casser les poignets, c'est bien !!! » disait-elle. Et quand une élève lui faisait remarquer qu'elle se trouvait à la limite de ses forces physiques et mentales : « Limite ? C'est bien ! » disait Yumi avec un petit sourire en coin. « C'est création ! Casser deux poignets et deux jambes, c'est encore mieux ! »

Au fur et à mesure, je comprenais de mieux en mieux Yumi. Dès que je me tenais debout face à elle pour répéter un mouvement, Yumi me disait toujours : « Fesses plus loin ! Fesses plus loin, fesses plus loin ! » Je tendais les fesses en arrière, mais j'avais comme l'impression qu'une incompréhension demeurait. Des mois plus tard, Géraldine, une amie du cours, m'a expliqué qu'à son avis, Yumi me demandait de regarder plus loin dans l'espace. Devant mon incompréhension, elle a éclaté de rire : « Je pense qu'elle disait : "Face plus loin". » Tout s'éclairait.

J'ai aussi vécu d'extraordinaires combats au sabre. Le principe est d'alterner, face à un adversaire, à un rythme effréné, des moments d'explosion et de calme. On dégaine le sabre et on le rengaine. « Explosion ! Calme ! Explosion ! Calme ! » hurlait Yumi en sautillant d'excitation quasi sadique, avec sa tête juvénile et son sourire d'ange exterminateur. Et parfois, elle ajoutait, avec une petite voix flûtée, que quatre samouraïs étaient derrière nous et que nous avions intérêt à nous détendre si nous voulions leur échapper.

Les trois mois de cours avec Yumi se terminent en apothéose. Nous devons choisir un monstre à incarner et nous faisons un concours : l'idéal est de réussir à la fois à grimacer en touchant notre oreille avec la langue, d'écarter les bras jusqu'à ce qu'une épaule se déboîte, de tendre les mains dans une direction en regardant dans l'autre, tout cela à cloche-pied... Yumi, en guise de cadeau d'adieu, nous présente elle-même son monstre préféré : la Merduse ! La Merduse japonaise de Yumi consistait à ne produire aucun effort musculaire... « Oui, comme Méduse, expliqua Yumi. Mais aussi vous être merde... Méduse... Merde... Vous être : Merduse... » Yumi nous montrait alors comment imiter la pieuvre, avec un talent prodigieux elle devenait pur tentacule, pure pieuvre, pur poulpe, et puis elle ajoutait ce qu'elle appelait l'effet Merde et alors on aurait dit un tas gélatineux qui ne ressemblait plus que très lointainement à l'être humain.

J'ai tout expérimenté grâce aux cours de Yumi. J'ai marché pendant quatre heures uniquement à angle droit. J'ai tracé des perpendiculaires dans l'espace. J'ai marché tout l'après-midi dans Paris sans pouvoir m'arrêter de tracer des perpendiculaires et j'ai eu un mal fou à rentrer chez moi. Tout ceci est véridique.

En fin de compte, avec cette folle libération du corps, Yumi m'a appris à danser. Et voilà comment ma vie a changé. Parfois il suffit de faire une petite pirouette dans l'éternité, et le dégoût profond qu'on a de son corps s'évanouit comme une libellule à la surface du lac dans un haïku japonais.

Avec la danse, j'ai commencé à m'ouvrir aux autres. Ç'a été le début d'une immense aventure humaine... La danse a été pour moi une véritable thérapie. J'ai commencé à penser non pas seulement avec ma tête, mais avec tout mon corps.

Après le butō, j'ai continué à faire beaucoup d'ateliers de danse contemporaine. Peu à peu, je me suis ouvert à cette part de sensibilité fondamentale que j'avais en moi depuis l'enfance.

Un jour, j'ai même appris des mouvements de danse classique, l'espace de quelques cours, pour préparer un spectacle. Enfin je pouvais m'exprimer avec légèreté, avec joie, avec tout un tas de mouvements et d'émotions qui me semblaient jusque-là interdits et inaccessibles. Le jour J, j'ai dansé dans le *Lac des cygnes*… Bien sûr, il ne s'agissait pas de prétendre être un danseur d'opéra. D'ailleurs je n'étais pas en justaucorps, j'étais en jean et baskets. Mais c'était un moyen de montrer la beauté de la danse, de suggérer que tout le monde pouvait danser, et de libérer cette part de sensibilité que j'avais en moi. Les positions des pieds, les mouvements, les postures, les entrechats, les étirements. J'ai appris toute une gamme de gestes, de chorégraphies. Je me suis entraîné tout l'été… Et enfin, je me suis mis à danser à la vue de tous ! Le spectacle, dans un tout petit village, a eu beaucoup de succès. Pour la première fois, j'avais l'impression de m'exprimer. C'était une grande étape.

Pendant quelques années, à la sortie de l'école de danse, j'ai continué à travailler un peu comme figurant de cinéma ou comédien, pour vivoter. Le seul casting que j'ai vraiment décroché a eu lieu dans une école de cinéma à Paris. C'était un jeune réalisateur avec une barbe immense (je pense qu'il y avait tout un tas d'animaux dans sa barbe) qui tournait son film de fin d'études. J'ai passé une audition. Le rôle était celui d'un intellectuel. Sans aucun effort à faire, je correspondais au profil du personnage.

Le jour du tournage, rendez-vous dans un appartement près de la tour Eiffel… Direction les riches quartiers de Paris. Catastrophe, le scénario avait changé… Le réalisateur, qui ressemblait de plus en plus au pirate Barbe noire, avait décidé de transformer le projet en « film d'horreur » pour montrer à tout le monde l'étendue de son talent dans le cinéma de genre. Je me suis retrouvé à jouer un tout autre rôle que celui qui était prévu au départ… Ce qui devait être un film intimiste s'est mué en une fiction complètement fantastique. Au cours de la journée, le scénario changeait en permanence au gré des caprices du réalisateur, qui avait l'air de se prendre pour un génie du septième art. Résultat : le couple chez qui je débarquais me prenait finalement en otage et, après des rebondissements étonnants et des dialogues qui tenaient autant de la philosophie allemande que d'une conversation entre drogués, ils m'arrachaient le cœur, et le film se terminait par une secrète cérémonie vaudoue. Je me retrouvais torse nu dans la scène finale… Ils arrachaient encore et encore mon cœur que l'on voyait sanglant, en gros plan, sur la table. L'équipe du film avait acheté une pièce de boucherie pour l'occasion, que le couple finissait par dévorer à pleines dents.

Je ris aujourd'hui à gorge déployée de ce film épouvantablement mauvais. Heureusement, je crois qu'il n'en existe aucune trace, puisqu'il n'est jamais sorti en salles ni en DVD… Mais ce film de série Z, dont le titre était évidemment *Cannibales*, m'a offert le plus grand rôle de ma vie au cinéma !

J'ai écrit alors un spectacle, avec l'aide de Douglas et Émilie, deux amis comédiens formidables que j'avais rencontrés lors de mon stage à l'école de danse. C'était une pièce où je racontais, sur scène, mon expérience à

Questions pour un champion, mes tourments de jeune homme, ma passion pour la poésie… Nous avons créé cette pièce, *La Vraie Vie d'Olivier Liron*, à l'occasion d'un festival à la campagne. La pièce a rencontré un grand succès, si bien que nous l'avons rejouée ensuite en région parisienne et même à Bruxelles, où l'affiche était en grand sur les murs de la ville ! Être sur scène avec un public qui vous regarde… Se mettre à nu dans toute sa vérité… Puiser dans des émotions vraies… Partager cela avec les gens. Et puis toutes les coulisses. Les répétitions, les entraînements physiques, les fous rires… Quelle aventure magnifique que ce spectacle ! Cela m'a libéré. Je découvrais qu'il était possible de partager mes émotions avec les gens, à force de travail et de discipline, et qu'on pouvait toucher les autres. J'ai beaucoup de gratitude pour toutes les personnes qui m'ont accompagné dans cette expérience. Cela a eu tant de sens pour moi ! Je ne me sentais plus condamné à travailler seul, pour briller dans une logique individualiste : je prenais place au sein d'une troupe, d'un collectif. J'ai commencé à me sentir exister autrement, relié aux autres par des liens de confiance qui ne se sont jamais rompus.

Passer du temps avec autrui

À travers toutes ces expériences, j'ai commencé à admettre les limites de mon fonctionnement de compétiteur, qui agissait parfois comme une barrière en m'isolant. On ne mesure jamais assez à quel point on a besoin des autres. J'ai commencé à entrevoir la possibilité de sortir de l'enfer du soi, de l'ego, des pensées qui tournent systématiquement autour de « tu n'as pas assez réussi », « tu n'as pas assez travaillé », « tu n'as pas assez utilisé tes capacités », « tu n'es pas assez bon »… Tout cela, ce sont des pensées négatives qui empêchent d'être présent et d'apprécier à sa juste valeur la personne que l'on est, et qui me coupaient des autres. Non pas être un champion, mais tout simplement un ÊTRE HUMAIN !

Pour cela, rien de mieux que d'accorder du temps à son entourage, à ses amis fidèles, à ses proches… Cela peut être simplement passer du temps avec quelqu'un de sa famille, aider des amis à déménager… Quand je rends visite à ma grand-mère, on fait des mots cachés ou des mots mêlés, on papote, on fait une petite promenade si elle est suffisamment en forme pour marcher, on regarde des vieilles photos, je l'écoute me raconter tous ses souvenirs… Quand elle était plus jeune, Josefa me recevait toujours avec des tonnes de plats, et notamment sa spécialité, qu'elle réserve pour les grandes occasions… une boîte d'asperges qu'elle appelle avec son accent espagnol « los Aspergés » ! Maintenant, à quatre-vingt-treize ans, elle est un peu moins mobile mais toujours aussi volubile et, dès que je lui envoie une carte postale, elle en profite la fois d'après pour me raconter sa France. Elle a visité les ruines d'un château en Auvergne. Elle a mangé des haricots sous les remparts de Carcassonne. Elle a dormi dans un hôtel à Chamonix. Elle a gravi le pic du Midi avec un pied cassé. Elle a frémi dans les grottes pleines de loups et de zèbres (dit-elle !) où elle a avancé en rampant. Elle a vu une femme faire un malaise cardiaque sur un bateau en traversant une mer démontée. Elle a découvert le canal du Midi sous la pluie. Elle se souvient d'Arcachon. Elle s'est émerveillée du *Charles de Gaulle* à Brest où tout brillait, tout brillait, tout brillait sur le navire. Elle est descendue trois cents mètres en dessous du niveau de la mer à Dinard par un escalier en colimaçon pour visiter l'usine qui construisait de l'électricité. Elle a arpenté les tranchées de la Première Guerre mondiale, les bunkers et les hôpitaux militaires de la Champagne. Elle a été émue par les mines de charbon en Lorraine. Elle s'est extasiée de la cathédrale de Strasbourg et a dégusté de la choucroute. Elle a voyagé partout en France avec mon grand-père Fernando. Elle aime marcher, depuis qu'elle est petite et qu'elle ramassait des champignons avec sa mère pour les vendre au marché, après la guerre civile en Espagne. Elle a dit à un tout jeune médecin de l'hôpital, après une chute sans gravité : « Si j'étais plus jeune, je chercherais un homme comme vous. » Le médecin a éclaté de rire et est devenu son ami.

Elle a bientôt quatre-vingt-quatorze ans. Elle est la joie même. Elle rit comme une folle et raconte des histoires pendant des heures. Elle finit toujours par le récit de son voyage en Grèce avec mon grand-père, interrompu car il est temps de faire un tour au jardin… pour de nouvelles aventures. Les voyages de Josefa, c'est mieux que l'*Odyssée*.

Le génie des civils

Désormais, en tant qu'auteur, je suis amené à partager mon expérience et mon parcours dans plein de cadres… J'accompagne aussi des personnes dans des ateliers d'écriture. Dans cet accompagnement, j'entends le mot « compagnon », comme on le dit pour une aventure, comme on le dit pour Milou et Tintin. Et j'aime cela, cette grande épopée de l'écriture… presque enfantine ! Aider, transmettre, c'est la meilleure façon pour moi d'être avec les autres.

L'écriture m'a permis de trouver ma place dans la société. « Et celui qui, souvent, a choisi son destin d'artiste parce qu'il se sentait différent, apprend bien vite qu'il ne nourrira son art, et sa différence, qu'en avouant sa ressemblance avec tous », écrit Albert Camus. Le sens que j'ai trouvé au fil des années n'est pas, n'est plus d'être le meilleur, mais plutôt d'être moi-même et de me rendre utile aux autres. Ce qu'Albert Camus dit de l'artiste, je crois qu'on peut le dire de tout être humain…

En français, le mot « génie » a plusieurs sens. Il désigne des personnes comme Albert Einstein ou Marie Curie. Des êtres aux aptitudes supérieures, admirables, presque surnaturelles, comme les génies des contes. Mais le mot « génie » désigne aussi, comme dans l'expression « génie civil », la particularité et le caractère propre de quelque chose. Dans ce sens, je crois que tout le monde est doté d'un type de génie différent. Le génie, c'est tout simplement ce qui fait notre singularité, et nous rend précieux pour les autres. Nous pouvons tous devenir géniaux.

Aujourd'hui, si je fais le bilan : je suis beaucoup moins malheureux dans ma vie professionnelle car j'ai trouvé une activité où le sens et le plaisir sont beaucoup plus présents.

C'était très dur durant les premières années... mais maintenant, j'arrive à vivre modestement de ce que je fais. J'accorde une grande importance aux activités lors desquelles je *donne* quelque chose, que ce soit à travers mes livres ou à travers des conférences et des ateliers. Tout cela me fait beaucoup de bien.

Je transmets et réutilise au quotidien tout ce que mes études, mes lectures, mon premier parcours professionnel m'ont apporté, et je travaille dans une totale liberté en étant parfaitement indépendant. Libre de mes choix et de mes engagements. Et je suis heureux quand je « retourne à l'école », quand je rencontre des scolaires, car je me sens à ma place, enfin, et je peux partager honnêtement mon histoire ! Par exemple, j'ai adoré animer des ateliers d'écriture récemment, durant un an, avec des jeunes d'un lycée difficile de banlieue parisienne... Contrairement à mon expérience dans l'Éducation nationale, je n'étais plus là pour maintenir l'ordre, mais au contraire dans une position privilégiée et sincère pour partager un vécu, écouter, encourager, leur ouvrir une porte sur les métiers de création, éveiller leur sensibilité, les aider à s'exprimer… Je crois que dans la vie, tout le bonheur qu'on a vient de celui qu'on donne.

Je pourrais prendre l'image d'une bougie. Une flamme qui ne brille que pour elle, c'est comme un être humain abandonné au doute. Sitôt que quelqu'un approche, la flamme de la chandelle se transforme. Elle ne se consume pas en vain : elle éclaire. Éclairer les autres, c'est la plus belle chose que l'on puisse tenter de faire, la plus gratifiante aussi. Par ailleurs, je crois beaucoup en l'importance de l'éducation, en la chance donnée à toutes et à tous de s'en sortir, de s'épanouir, de croire en soi. Au sein de mon propre parcours de vie, et malgré toute ma volonté et ma détermination, je n'aurais pas réussi seul tout ce que j'ai entrepris. Rencontrer des personnes qui m'ont donné confiance, à différents moments, a été décisif. L'éducation fait partie de ces clés qui peuvent sauver. À l'adolescence, cela paraît souvent impossible de surmonter les épreuves, de trouver les ressources pour faire face aux doutes, surtout quand on traverse des moments difficiles. Si l'on est bien accompagné, si l'on rencontre les bonnes personnes, celles qui vous donnent confiance, et croient en vous, on peut se relever de bien des choses et faire de ses fragilités une force. La résilience est parfois une aventure collective.

Masculin féminin

Je suis né assigné garçon, dans une famille où j'avais simplement un grand frère. La compétition avec lui et la rivalité étaient permanentes, fruit d'une éducation masculine très traditionnelle, fondée sur la virilité et la force physique.

L'apprentissage des normes masculines m'a toujours paru absurde. À partir du collège, la sociabilité masculine commence à se construire, il faut être un dur, plaire aux filles… Tout cela ne m'intéressait absolument pas ! La violence était omniprésente et je la subissais en classe aussi bien que dans la cour de récréation. Je ne participais pas aux jeux violents inventés par les autres garçons, comme le « rugbyfoot » où tous les coups étaient permis, préférant à cela la rêverie ou la lecture. En cours d'EPS, être dans les vestiaires de garçons était éprouvant, je ne me sentais pas à ma place. J'avais une profonde honte de mon corps, et devoir le montrer aux autres me semblait épouvantable.

Je me souviens de la laque Elnett de L'Oréal. Moi, au collège, je suis plutôt du style à vouloir être beau. Alors je subtilise discrètement la laque de ma mère et je m'asperge avec la bombe chaque matin. Je sens le parfum à dix kilomètres. J'adorais l'odeur, que j'associe à ma mère, et je prenais du plaisir à me coiffer et à me recoiffer à l'infini... J'aimais ce parfum sur moi. Mais je sentais tellement la laque Elnett que certains camarades se pliaient en deux de rire.

J'ai commencé à mettre des tonnes de gel à partir du lycée, c'était à la mode ! Je portais les cheveux mi-longs et je me faisais des mèches qui retombaient sur mon front comme des spaghettis dégoulinants de gel. J'avais des lacets de couleur dorée, arc-en-ciel, rose ou bleue que je m'amusais à changer au fil de mes envies. J'avais aussi acheté un pull qui me plaisait dans la galerie commerciale du supermarché, un pull aux reflets mordorés, couleur d'automne, ma saison préférée... Un jour, un camarade m'a fait remarquer que c'était un pull de fille, et que je m'étais sûrement trompé de rayon dans le magasin. Moi, j'ai porté mon pull fétiche pendant toute l'année de première et de terminale. Ça m'était bien égal que ce soit un pull de femme. Je m'en fichais, je me trouvais beau (peut-être même belle) avec. J'étais moi-même, tout simplement.

Bandana split

J'avais beaucoup de mal à trouver mon style par rapport aux autres garçons. Ils étaient musclés, j'étais très maigre. Ils étaient bronzés, moi je me frottais le visage pour avoir la peau rouge, tellement je me trouvais pâlot. Certains arrivaient à moto… Moi je ne savais même pas conduire. J'ai tenté de préparer le permis, j'ai eu mon code facilement, mais les quelques cours que j'ai pris à l'auto-école m'effrayaient. Je me souviens de la monitrice qui ricanait :

— T'es trop sensible, toi, pour conduire !

Sensible, oui. C'était exactement ce que j'avais envie d'être. La monitrice n'avait pas tort sur ma nullité au volant, cela dit. Conduire une voiture à toute vitesse sur une route au milieu d'autres véhicules me semblait terrifiant. Un enfer ! Quant au deuxième moniteur de l'auto-école, je ne m'entraînais jamais vraiment car il s'arrêtait sans cesse à la poste, à la banque… ou pour faire une petite course et acheter des chips.

Quand j'avais quinze ou seize ans, je me suis enhardi. J'ai mis en secret les vêtements de ma mère, des boucles d'oreilles, du maquillage ou du vernis à ongles... mais je n'osais pas les porter en public. Un jour, j'ai emprunté un foulard de ma mère pour aller jouer au basket. Je me trouvais très sexy avec. C'était un carré multicolore et criard dont je m'étais fait un bandana. Je ressemblais vaguement à Francis Huster dans le film *Parking* de Jacques Demy. Quand j'ai rejoint mes copains Florent Barbe et Vincent Vigneron sur le terrain de basket, ils n'ont rien dit mais j'ai perçu leurs regards amusés. Je me suis senti mortifié, plus bas que terre. J'étais si complexé que j'ai sans doute exagéré leur mépris. Peut-être qu'ils s'en foutaient tout simplement. Ils s'intéressaient au ballon de basket et au panier. Ou peut-être un mélange des deux. Je n'ai marqué aucun panier ce jour-là, et j'ai arrêté à tout jamais de jouer au basket – et de porter des bandanas.

Toute ma vie j'ai été mal à l'aise dans le genre masculin assigné à ma naissance et j'ai mis longtemps à accepter mon corps. Je complexais sur la virilité imposée, qui n'avait rien à voir avec la personne que j'étais vraiment. Plus tard, ma solitude était telle qu'il m'est arrivé d'avoir, au cours de mes années d'étudiant en thèse, des fantasmes de castration. Je m'imaginais qu'il suffirait d'un coup de ciseaux pour vivre plus heureux, débarrassé de certains organes que je percevais comme irrémédiablement étrangers à moi-même. Mon esprit planait au-dessus de mon corps, et l'observait avec un sentiment d'étrangeté, de bizarrerie et d'anomalie, dans une dissociation parfaite. Je n'arrivais pas à être en phase, j'étais en profonde inadéquation avec mon corps d'homme, plongé dans un dégoût de moi-même dont je ne voyais pas le bout.

J'avais l'impression que toute une part de sensibilité, de beauté, m'était refusée, et que j'étais condamné à vivre dans l'injonction à la force et à la puissance.

À l'école de danse et de théâtre de la Goutte-d'Or, une professeure d'origine américaine nous donnait des conseils pour préparer des auditions ou des castings. Afin de se mettre dans un rôle, elle nous a demandé d'incarner nos personnages jusque dans notre quotidien, à la façon de l'Actors Studio. Toute la classe travaillait sur *Angels of America*, le chef-d'œuvre de Tony Kushner. Je jouais Belize, infirmier et travesti, notamment interprété au cinéma par Jeffrey Wright. La prof m'a demandé de déambuler dans Paris toute la journée, en minijupe, avec du maquillage et un boa en plumes.

Je me suis rendu à tous les endroits où j'allais habituellement : à la boulangerie, au parc, dans ma rue, au restaurant libanais d'en bas, sous les regards stupéfaits des gens que je croisais tous les jours. Cela a été une expérience singulière et peut-être décisive dans ma vie. J'ai senti le regard des gens changer. Au début, certains me regardaient avec un air d'hostilité, ou d'étonnement. D'autres fois, ils ne faisaient même pas attention à moi. Terriblement mal à l'aise au départ, je me suis senti peu à peu libéré de quelque chose. Je me suis rendu compte que je faisais trop de cas du regard extérieur. L'essentiel était de me sentir bien, en adéquation avec moi-même, et pas de rechercher en permanence l'approbation des autres. J'ai été surpris, au fur et à mesure de la journée, de me sentir à l'aise dans la peau de ce personnage de fiction, pourtant si éloigné de moi en apparence. Loin de constituer un masque, incarner le personnage de Belize permettait de me révéler et de m'affranchir provisoirement du regard des autres. Finalement, c'était au quotidien que je jouais la comédie en prétendant être le type d'homme que je n'étais pas.

Peu à peu, j'ai trouvé mon style. Avec les années, j'ai eu de plus en plus de facilité à explorer des choses qui peuvent être perçues comme féminines dans mon look, comme du maquillage, des créoles ou du vernis. La première fois que j'ai porté du vernis à ongles, je me suis senti libéré du carcan des normes masculines. Le vernis est quelque chose que je trouve si beau, si agréable à porter, inventif et coloré ! La première fois que j'en ai mis, j'ai été tout de suite à l'aise. J'ai aussi senti que dans la rue, certaines personnes étaient gênées par cette liberté et se posaient des questions. Est-ce que c'était pour le théâtre ? Un déguisement ? D'autres disaient, en prenant un air pensif d'intellectuel, que c'était « un hommage au guitariste de Metallica »… Au fond, elles avaient l'air de trouver des prétextes pour rendre cela acceptable à leurs yeux. Beaucoup de gens peuvent être choqués par le simple fait qu'une personne exprime qui elle est, profondément. Dans l'espace public, la norme est d'être le plus neutre possible. De toutes petites choses peuvent sembler très dérangeantes aux yeux des autres. Mais je crois que ce qui compte, c'est de me sentir, avec ou sans vernis, toujours bien, toujours moi. Parfois j'ai envie de porter des accessoires, du maquillage, d'autres fois de m'habiller de manière très sobre. Ce qui est sûr, c'est que j'ai l'impression d'être davantage en accord avec moi quand j'accepte et cultive cette part de sensibilité et de beauté. L'essentiel est de trouver son style, celui qui nous permet de révéler qui nous sommes !

Exploration du genre

Je me suis posé beaucoup de questions sur mon genre. Depuis toujours, bien avant que ces thèmes n'occupent une place dans l'actualité, il m'arrive de me genrer spontanément au féminin. Le premier poème que j'ai écrit enfant commençait par ce vers : « Que je suis contente / De m'en retourner / Car la dune en pente / M'avait amusée. » Je me suis déjà posé la question de commencer une transition de genre, pour être en accord avec ce que je ressens au plus profond de moi. J'ai rencontré des personnes transgenres, je me suis rendu dans des associations. Au départ, j'avais beaucoup de peurs et de préjugés. Tout cela s'est dissipé en discutant avec des personnes trans. J'ai appris qu'il n'était pas nécessaire de ressentir le besoin de prendre des hormones ou de passer par la chirurgie pour porter ce questionnement trans. J'ai pu parler de mon ressenti et de ce que j'éprouvais, et cela m'a tout simplement fait beaucoup de bien. J'ai bu des verres à Châtelet avec une femme trans dont la vie quotidienne était assez proche de la mienne.

Elle travaillait dans le service public. Sa transition s'était passée à merveille. J'avais en face de moi une personne épanouie, en accord avec elle-même. Avec la transition, ses relations avec les autres, au travail, s'étaient pacifiées. J'ai beaucoup appris sur la définition et les étapes d'une transition, à rebours de bien des stéréotypes.

J'ai eu la chance de rencontrer des personnes formidables, qui m'ont aidé à cheminer à l'intérieur de ces questionnements. Aujourd'hui, je ne me reconnais ni exclusivement dans le genre féminin, ni exclusivement dans le genre masculin. L'important pour moi est de rejeter les stéréotypes de genre, de se sentir beau ou belle, d'être libre et d'expérimenter. J'ai aussi compris que, comme toujours, l'essentiel, dans une réflexion aussi intime et personnelle, est d'être en accord avec la personne que l'on est – et cela, à chaque moment dans notre existence, ce qui suppose que rien n'est figé, que notre identité peut être variable, en mouvement, perméable aux forces du yin et du yang qui nous traversent. Ces rencontres m'ont fait avancer, et je suis reconnaissant à ces ami·es de m'avoir consacré du temps, avec une telle bienveillance et une telle générosité.

Je n'ai pas envie de voir l'existence comme une chose figée. Pendant toute une année, je me suis fait appeler Olivia par mes amis, j'ai porté des vêtements féminins, du maquillage et des boucles d'oreilles. J'ai commencé une épilation définitive de la barbe au laser. Cela ne m'a pas plu, j'ai arrêté les séances assez vite. Je ne me définis pas comme une personne cisgenre, je me sens fluide, ouvert, ouverte à une identité en évolution. Telle est l'histoire de mon exploration. Pour chacune, chacun, elle est différente. Cela m'a permis d'échapper un peu aux normes sociales dans lesquelles je me sentais à l'étroit depuis l'enfance. J'ai fini par me poser la question autrement. Non pas forcément : « Homme ou femme » ? Mais : « Qui suis-je ? Qui ai-je envie d'être ? »

Ce qui compte pour moi, que l'on se définisse comme un homme, une femme, une personne non binaire, c'est la puissance de la sensibilité. On dit souvent que la sensibilité, c'est le côté féminin d'une personne. C'est vrai, en partie. Mais l'idée que la sensibilité est réservée aux femmes est construite socialement et culturellement. Et si la puissance de la sensibilité… n'avait tout simplement pas de genre ? La sensibilité peut, et doit aussi être l'affaire des hommes. Peu importe que l'on considère cela comme une énergie du masculin ou du féminin, je crois de tout mon cœur en l'éveil de la sensibilité. C'est tout simple, c'est une chose que j'ai intimement ressentie mille fois quand j'étais enfant : la sensibilité, c'est simplement changer nos émotions en amour. Cela correspond à la relation directe que chaque être a avec son cœur. C'est aussi la tendresse, un mot que j'aime beaucoup. Se réaliser avec amour. L'amour n'est pas uniquement la sexualité mais la disposition à aimer. Ce pouvoir est en chacun de nous et débouche sur l'action et la capacité à créer du changement dans notre vie.

Pour moi, l'amour est le meilleur remède contre ma propre peur, cette peur qui m'accompagne, celle de la mort, celle de l'autre, celle qui vient de notre besoin primaire de se protéger, de se défendre. Nous naissons tous avec deux possibilités : l'amour et la peur. Le mieux est de ne pas avoir peur, non ?

Mon premier amour…

Je suis né à la fin des années 1980, dans un petit village de banlieue. À l'époque, comme me l'a dit un jour une amie très engagée pour les droits des personnes LGBT, tous les enfants sont « présumés hétérosexuels ».

Par conséquent, je me suis longtemps présumé hétéro aussi. Quand j'étais ado, ou au début de ma vie adulte, je me sentais obligé, pour « être un homme », de développer des sentiments amoureux pour les femmes. Le fait de tomber amoureux d'un homme était complètement exclu de mon champ de vision. Aujourd'hui je me définis comme bisexuel ou pansexuel. Je peux être attiré, romantiquement ou physiquement, aussi bien par des femmes que par des hommes, ou encore par des personnes qui se définissent autrement, non binaires par exemple.

Je suis beaucoup trop jeune pour avoir un recul sur ma vie amoureuse (en a-t-on vraiment un jour ?) et en tirer des grandes leçons. Mais je sais que mon parcours, c'est l'histoire d'un garçon, d'un jeune homme complètement enfermé au départ dans une certaine masculinité, une certaine éducation, et dans certaines peurs.

Tout a commencé par un premier amour à l'école primaire. Elle s'appelait Octavie… J'ai plaqué toutes mes lectures de romans de chevalerie sur elle. Je suis tombé fou amoureux, on était dans la même classe. Octavie était intelligente, belle, drôle, émouvante, bouleversante ! J'ai été invité à son anniversaire. Le petit jardin de ses parents était d'une grande élégance, de même que ses parents d'ailleurs. Tout, chez elle, me fascinait.

Je découvrais l'univers mystérieux de Octavie. Dans son jardin, je me souviens qu'il y avait une balançoire assez haute que les camarades arrivaient à franchir d'un bond. Ils prenaient leur élan et sautaient par-dessus, comme un obstacle… J'ai voulu faire comme eux, preux chevalier de la Balançoire, me suis emmêlé les pinceaux et vautré mémorablement dans l'herbe. Bien entendu, j'ai prétendu que je l'avais fait exprès…

Puis nous avons fait une immense chasse au trésor en forêt. J'avais attendu cet événement comme les Jeux olympiques, c'était l'événement sportif de l'année pour moi… Bien entendu, je n'ai retrouvé aucun indice, je me suis perdu trois fois dans la forêt, j'ai trébuché à plusieurs reprises sur des racines, je suis à moitié tombé d'un rocher, et c'est l'équipe de Mickaël, un grand gaillard passionné de trains, qui a remporté la chasse au trésor haut la main.

Pour mon anniversaire, nous avons fait un immense goûter à la maison. Octavie qui voyait bien que j'aimais lire, m'a offert *Bilbo le Hobbit*… Je me suis mis à lire tout Tolkien pendant les vacances, dans un état de grande intensité amoureuse ! Ma Galadriel, ma reine des Elfes… Avec l'univers de Tolkien, Octavie m'a fait le plus beau des cadeaux… Je devenais Frodon, prêt à sauver le monde avec ses amis.

J'ai été passionnément amoureux d'elle pendant toute l'école primaire. Tout l'été, je pensais à Octavie rêveusement, je lui écrivais des poèmes d'amour, j'écrivais son nom sur le miroir de la salle de bains, à travers la buée… Cela me semblait si romantique !

Le problème, c'est que, sortir avec une fille, je ne comprenais pas très bien ce que cela voulait dire… Est-ce que c'était comme sortir dehors ? Se promener, comme faisaient mes parents ? Question très importante aussi pour un esprit mathématique : combien de temps doit durer la sortie, quand on « sort avec quelqu'un » ? J'ai commencé à planifier. Je voulais être un véritable *tour operator* de mon propre village. Octavie et moi, on passerait par le petit chemin derrière le collège, puis on irait vers la rue de la Fosse… On pourrait même, pourquoi pas, emprunter le petit chemin secret et mystérieux qui traversait le village en longeant des vergers, aller jusqu'au vieux lavoir… Ou encore, soyons fous, jusqu'à la base de loisirs, pour une échappée belle à l'autre bout du monde ?

Et comment on devait s'y prendre, pour faire les choses solennellement ? Comment trouver le courage de lui demander : « Veux-tu sortir avec moi ? » J'avais prévu, pour faire ma grande déclaration d'amour à Octavie de lui offrir un cadeau merveilleux. Direction la galerie commerciale du Centre E. Leclerc, au magasin de bonbons Glup's ! Une véritable caverne d'Ali Baba, avec toutes sortes de friandises. J'ai choisi les bonbons avec soin, les ai payés avec mon argent de poche, le cœur battant… Dans le plus précieux des papiers cadeaux, j'ai enveloppé un magnifique sachet de têtes brûlées, un trésor qui surpasse celui des *Mille et Une Nuits* ! Ces bonbons qui piquent sous la langue, cela me semblait vraiment un cadeau de costaud, de rebelle ! Et puis, pendant qu'on mangerait les têtes brûlées, je lui demanderais si elle voulait sortir avec moi. J'ai attendu fiévreusement, durant les jours suivants, le moment idéal pour parler à Octavie, ma Princesse, mon Amoureuse, ma Fiancée…

Le jour J, elle m'a simplement répondu, d'un air distrait :

— Beurk ! Je déteste les têtes brûlées !

Et tout s'est effondré ! Adieu mes rêves ! Adieu l'amour ! Adieu la vie ! « *O love ! O life ! Not life, but love in death !* » comme le dit Shakespeare… Je me sentais à l'article de la mort, comme dans *Roméo et Juliette*. « Trompé, divorcé, outragé, méprisé, assassiné ! Ô très détestable mort, tu m'as trompé et ruiné, cruelle, cruelle que tu es ! Ô amour ! ô vie ! vie, non, mais amour au sein de la mort ! » Maudites têtes brûlées ! Maudit amour ! Oh ! Les jours qui ont suivi, j'ai appris le morceau *Premier Chagrin* de Schubert au piano. Je l'ai joué toute ma vie… pour me consoler.

Bingo !

J'ai mis longtemps à aller vers les hommes. J'ai mis mon corps entre parenthèses, dans un profond dégoût de moi-même. J'ai mis presque trente ans pour me libérer de mes peurs et m'autoriser à tomber vraiment amoureux. Déployer notre puissance d'amour est le plus beau cadeau que la vie puisse nous faire…

Commencer à vivre des histoires avec des hommes m'a demandé du temps et d'écouter ma sensibilité profonde. Depuis longtemps, je développais des amitiés fusionnelles, de l'affection pour certains garçons, mais ce n'était pas de l'amour. Et puis, je suis tombé amoureux… d'un homme ! Il était hétérosexuel, en couple, et il ne pouvait rien se passer. Mais cela m'a permis de me questionner.

La première fois que j'ai embrassé un garçon, c'était dans un bar LGBT à La Villette, à Paris, où était organisée une soirée bingo. Des drag-queens chantaient une reprise de Madonna, puis se sont mises à interpréter une chanson de Luz Casal que j'adore, *Un año de amor*. J'étais venu avec un couple d'amies, Lore et Leïla. Un garçon et une fille très sympathiques se sont joints à nous, qui connaissaient vaguement Lore. Ils nous ont invités à leur table. Je ne me souviens pas du prénom de ce garçon, mais parfaitement de la couleur de sa chemise, un bleu qui tirait sur le vert. On a bu beaucoup de maté. Je me sentais bien. On a beaucoup parlé et ri tous ensemble, en écoutant la musique. Notre équipe n'a pas gagné au bingo. Mais à la fin de la soirée, alors que j'étais en train de prendre l'air avec mes amies, il est sorti avec nous et m'a embrassé… Bingo !

C'était quelque chose… Une révélation ! Je me sentais enfin à l'aise. Le lendemain, j'étais heureux, presque hilare, mes amis ne me reconnaissaient pas… J'étais libéré, comme si un nouveau continent s'ouvrait à moi, comme si j'étais passé jusque-là à côté du plus grand bonheur de la vie, de la possibilité d'être heureux et honnête avec ses sentiments !

Ce qui est drôle, pour l'anecdote, c'est que ce sont mon niveau au *Trivial Pursuit* et mes révisions à *Questions pour un champion* m'ont beaucoup aidé à plaire à ce garçon. Pendant la soirée, j'ai accompagné mes amies dehors pour fumer une cigarette et manger un bout. On a commencé à jouer à un jeu de quiz sur le téléphone… et mon niveau a impressionné mon beau cavalier, qui était prof d'anglais dans le Sud, très cultivé et peu habitué à être battu aux jeux de culture générale !

Tao est le premier homme que j'ai aimé. Je serais tenté d'inventer que nous avons eu un coup de foudre dans la rue, et que nos yeux se rencontrèrent et se reconnurent, comme dans les romans d'amour ou les comédies romantiques. En vérité, c'est faux : nous avons discuté sur une appli de rencontres.

C'était le début du mois d'août. Tao m'avait proposé de nous rencontrer le dimanche suivant. Je le retrouvai dans les jardins du square d'Anvers et quand, venant à sa rencontre, j'effleurai son visage, je respirai une odeur de café et de pommiers en fleurs. Il avait les cheveux courts et ressemblait à Tony Leung dans le film *In the Mood for Love*. Nous avons longé silencieusement la place d'Anvers jusqu'au boulevard de Rochechouart, avant de traverser en flânant le fleuve de la rue vers le Sacré-Cœur. Des touristes attendaient leur tour chez Bachir. J'ai eu envie d'une glace.

Nous avons fait la queue devant la grande vitrine réfrigérée. La carte proposait des sorbets et des crèmes glacées libanaises aux couleurs appétissantes. Warde, pétales de rose… Hamod, citron… Meshmosh, abricot… J'ai arrêté mon choix sur la pistache. La serveuse a plongé sa spatule dans la crème glacée qui s'est enroulée voluptueusement dans la partie concave de l'ustensile. Elle a rempli à ras bords un grand cône de pâte gaufrée, en le saupoudrant de pistaches dorées et appétissantes. Elle m'a tendu le cornet dans une petite serviette blanche. Tao a pris une glace aux pépites de chocolat.

Dans la chaleur du mois d'août, nous sommes remontés le long du square Louise-Michel jusqu'au belvédère avec nos glaces qui fondaient sur la langue, rafraîchissantes et légères. De là-haut, appuyés à la balustrade, on voyait tout Paris. Tao s'est confié. Il m'a raconté qu'il avait perdu sa mère à l'âge de deux ans. Il avait grandi à San Diego avec son père, dans une famille d'origine vietnamienne. Depuis dix ans, il travaillait à Singapour pour une grande compagnie de location d'appartements.

Il assurait une mission à Paris pour la durée de l'été. À côté de nous, un couple de mariés immortalisait les noces et nous a demandé de les prendre en photo. J'ai appuyé sur le déclencheur. Flash. Ma glace à la pistache était fondue et j'étais amoureux de Tao.

La première fois, ça s'est passé dans son petit appartement de la rue Cail, près du métro La Chapelle, dans la chaleur du mois d'août. Entre le vacarme de la gare du Nord et le tintamarre de la gare de l'Est. La mémoire de mes nuits d'amour avec Tao est prise en étau entre la joie des nouveaux départs et le fracas des trains en partance. Je dis la première fois, mais peut-être qu'il faudrait dire les premières fois, car il n'y a pas d'exacte chronologie du désir ; je ne suis pas certain que le désir soit linéaire, peut-être qu'il y a des passerelles de temps entre les nuits, des caresses et des saveurs qui se mélangent.

Je le rejoignais souvent à minuit, ou plus tard encore, après de longues journées consacrées à l'écriture. Les premières fois, c'était toujours la même ivresse, le même orage. Je revois ce mois d'août, je revois mes nuits d'amour avec Tao comme une seule et même nuit. J'éprouvais le sentiment étrange que nos corps écrivaient une seule phrase toujours recommencée, dans la poésie ininterrompue de l'été… Une seule et mille et une nuits d'amour, c'est comme si une nuit n'existait pas en elle-même mais dans un continuum d'espace et de temps ; au sein de toutes celles passées avec Tao, chacune se déploie singulièrement, chacune a sa lumière propre, chaque étreinte est différente de la précédente, comme des vagues qui se succèdent et se ressemblent sans jamais être exactement semblables, roses, bleues, transparentes, feux follets semés comme des indices dans la forêt de nos corps. J'ai en mémoire des images éclatantes, et chaque nuit résonne avec une nuance précise, chaque nuit fait éclater dans toutes les zones de mon corps des électricités particulières et violentes, chaque caresse épelle des vertiges.

Tout le mois d'août, nous avons laissé nos corps s'aimer à vau-l'eau comme on laisse partir des bateaux d'enfants sur un bassin d'eaux vives ; nous nous aimions toute la nuit et, après avoir dormi quelques heures, je sortais acheter des croissants dans la petite boulangerie près des voies de chemin de fer. J'aimais alors prendre mon temps, savourer les premiers rayons du soleil en attendant de retrouver les bras de Tao et de me blottir contre lui, de me lover contre son corps engourdi de sommeil.

Sa chambre était immense avec une décoration épurée. Un tapis de gymnastique noir dans un coin, même si je ne l'ai jamais vu faire de sport. Nous nous aimions dans sa chambre, jamais de la même façon, nous faisions semblant de parler, de converser de tout ou de rien, et puis nous nous abandonnions doucement, tendrement. Je découvrais un nouveau pays, celui du corps de Tao, en même temps que je découvrais la douceur. Cet été reste pour moi associé au souvenir de nos peaux qui se mêlaient ; et j'avais le mal de lui, je ne pouvais bientôt plus me passer de son corps.

À la fin du mois d'août, tout s'est accéléré. Tao est reparti vivre à Singapour en septembre. Il a retrouvé sa vie, et l'homme avec lequel il vivait là-bas. Nous avons continué à nous écrire. Puis nous nous sommes peu à peu perdus de vue. Mais je garde pour longtemps en mémoire nos nuits d'amour, cette glace à la pistache, et nos deux âmes éperdument tournées vers la lumière du soleil, comme un grand champ de tournesols.

Explorer cette bisexualité, m'autoriser à aimer les hommes a été l'une des choses les plus réjouissantes et épanouissantes de ma vie. Depuis, j'ai eu des histoires d'amour très belles, et aujourd'hui je suis un peu mieux dans ma peau. Dans mes premières fois avec les garçons, bien sûr, il n'y a pas eu d'immédiateté, il n'y a pas eu que des rencontres merveilleuses. Il y a eu des rendez-vous où j'étais tétanisé. Il y en a eu d'autres où il ne s'est rien passé d'amoureux, d'autres encore où je me suis fait des amis. Il y a celui qui était doux comme un agneau et parlait politique après l'amour (catastrophe !). Il y a celui qui était beau comme un dieu et ne parlait que des plans de son appartement (marre de l'entendre évoquer ses futures toilettes !). Celui qui était allergique à toutes sortes d'aliments (difficile de trouver un restaurant !). Il y a surtout eu les sentiments, que je me suis autorisé enfin à vivre. Peu à peu, je me suis senti bien avec moi-même. Bien dans mon corps mais surtout bien dans mon cœur. La possibilité d'être heureux en couple me paraît aujourd'hui une évidence, après tant d'années où cela me semblait absolument impossible. Apprendre à s'aimer soi-même, c'est le meilleur moyen d'être disponible pour aimer l'autre.

Je suis trop jeune pour donner des leçons. Il y a mille vécus en amour, mille chemins… En amour comme dans la vie, le meilleur conseil que j'ai reçu d'un ami très cher, un jour, et que je peux vous transmettre à mon tour, c'est : « Écoute ton cœur ! »

Bonheur et thérapies

Ce qui m'a également aidé à rebondir au moment de ma fatigue professionnelle et de mon *burn-out*, puis dans les années qui ont suivi, ç'a été de voir beaucoup de thérapeutes. J'ai commencé au début de ma vie adulte, en allant voir une psychologue spécialisée pour les personnes surdouées. Elle m'a beaucoup aidé à partir d'exercices simples, qui consistent par exemple à visualiser nos choix, nos décisions à l'aide de flèches sur le sol et de petits papiers. Dans la salle d'attente, je me souviens qu'il y avait des airs de Cesária Évora. Écouter *Sodade* en boucle en patientant – car ma thérapeute avait souvent du retard – me faisait curieusement beaucoup de bien. Ma psychologue partageait avec moi des petites recettes pour ne pas se mettre trop de pression au quotidien, qu'elle utilisait par ailleurs avec sa propre fille. Elle m'a dit un jour :

— Olivier, il faut vous féliciter et vous serrer la main à vous-même, quand vous réussissez quelque chose ! Il faut vous accorder des récompenses !

Avec elle, j'ai un peu abandonné mon perfectionnisme et j'ai commencé à accepter mes limites.

J'ai ensuite continué à approfondir mon mal-être en suivant une psychanalyse pendant plusieurs années avec différents praticiens. Trouver un thérapeute avec lequel se sentir à l'aise n'est pas chose aisée. J'ai testé ceux qui ne parlent pas, ceux qui vous regardent gentiment, ceux qui vous regardent méchamment, ceux qui dorment pendant que vous parlez. Il y avait aussi celui qui parlait tout seul, et me racontait sa vie. Il me racontait à quel point c'était difficile d'être psychanalyste, qu'il préférerait être ostéopathe, son deuxième métier. Je l'écoutais, et à la fin de la séance, il avait l'air d'aller mieux. Mais c'était moi qui payais cinquante euros ! Et puis j'en ai trouvé un avec qui je suis resté durant plusieurs années. C'était un psychologue avec qui je faisais des TCC, des thérapies comportementales et cognitives. Je me suis essayé à l'EMDR (Eye Movement Desensitization and Reprocessing), il me faisait suivre des yeux les mouvements de son doigt, me donnait de petits exercices à faire, en apparence enfantins, qui consistaient à faire le toboggan avec sa respiration, ou à jouer à 1, 2, 3, soleil avec ses souvenirs.

On ne peut pas dire que j'aie ménagé mes efforts pour essayer d'aller mieux. Je suis allé voir une sexologue tchèque qui m'a demandé d'imaginer des fantasmes masochistes avec plusieurs personnes ou de mimer l'arbre ginkgo biloba face au soleil levant. J'ai rencontré des neurothérapeutes, certains plus ou moins douteux, qui avaient pour intention de me reprogrammer le cerveau avec un casque en me faisant écouter de la musique douce. Moi, tout ce que j'entendais, c'était le trafic du périphérique juste à côté. Je leur ai dit en riant qu'ils feraient mieux d'investir dans un double vitrage et ça ne leur a pas fait plaisir. J'ai regardé des vidéos d'ASMR pour me détendre et m'apaiser. J'ai testé le reiki dans des maisons à la campagne. Je me suis fait jouer du tambour par une chamane amérindienne. J'ai vu des psychiatres qui m'ont aidé à gérer mon anxiété…

Enfin, sur les recommandations de l'un d'eux, j'ai fait tout un tas de diagnostics chez des spécialistes pour passer des tests de QI. J'ai été reconnu comme HPI (haut potentiel intellectuel) avec un QI de 162. Sur la suspicion de mon psychiatre, deux ans plus tard, j'ai passé des entretiens avec des neuropsychologues puis avec des spécialistes, et une forme de trouble du spectre autistique appelée « syndrome d'Asperger » – autisme avec un haut niveau de fonctionnement intellectuel – a également été détectée. Ces diagnostics m'ont aidé à mieux cerner ma personnalité, avec ses particularités et ses limites. J'ai appris la composante émotionnelle, essentielle, de ce type de neuroatypie, loin du stéréotype du robot hyper-performant. J'ai aussi admis, même si ce n'est pas intrinsèquement lié au fait d'être HPI, que j'étais profondément concerné par l'anxiété, une hyper-anxiété qui m'empêchait de vivre, avec une tendance à la dépression et la perte de l'estime de soi. Je vivais une souffrance psychique continue, constante, le tout associé à des caractéristiques de performance intellectuelle. Ces diagnostics se sont avérés aidants ; ils m'ont accompagné en profondeur dans le long processus d'émancipation et d'acceptation de soi.

Les diagnostics : la différence, l'écriture et moi

> « Être différent n'est ni une bonne ni une mauvaise chose. Cela signifie simplement que vous êtes suffisamment courageux pour être vous-même. »
>
> Albert Camus

J'ai peu parlé des diagnostics dans ce livre. Et pour cause. Je ne suis pas un spécialiste de la différence, des HPI, de l'autisme Asperger, des hypersensibles ou d'autres formes de ce que l'on appelle aujourd'hui les intelligences neuroatypiques. Je n'ai résolument pas la légitimité d'un expert ou d'un scientifique. Ma réflexion sur la différence est même une interrogation relativement récente dans ma vie, et j'ai sans doute beaucoup plus à découvrir qu'à transmettre.

Néanmoins, si je ne veux pas prendre la place des spécialistes, j'ai accepté ici d'évoquer ma singularité. Je le fais avec humilité et depuis mon point de vue, en m'efforçant simplement de partager un vécu, une expérience. Et comme me l'a dit une amie autiste, Stéphanie : « Je ne suis pas experte de ma différence, je ne peux qu'en parler à travers mon prisme – et encore, maladroitement. » Cette honnêteté me touche beaucoup, et je me suis engagé avec la même sincérité dans ce livre, et en revendiquant aussi ces maladresses.

Le diagnostic de « haut potentiel intellectuel » – comme celui, même si j'insiste sur le fait qu'ils sont bien distincts, de syndrome d'Asperger, qui a suivi de près – a été posé assez tard dans ma vie. Mais il m'a aidé à accepter l'origine de ma fragilité, cette différence que, depuis l'enfance, je ressens dans mon âme et dans ma chair. Pendant des années, j'ai pensé être fou. Après avoir reçu ce « verdict », j'ai enfin pu penser : « Je n'étais donc pas fou, je suis juste un peu différent. » En me renseignant, je me suis reconnu dans ce fonctionnement qui entraîne des émotions débordantes pas faciles à gérer, des difficultés dans les interactions sociales, une hypersensibilité émotionnelle et sensorielle. J'ai des passions dévorantes, je m'ennuie vite… Tous ces traits, qui compliquent l'insertion dans le monde social et professionnel, me correspondaient. Le diagnostic m'a aidé à accepter qui je suis. Dans le même temps, il m'arrivait aussi de faire un déni. Je n'avais aucune envie d'être étiqueté, labellisé, réduit à une case ou à un concept. Je me sens bien plus que ce terme, bien plus que ce diagnostic.

Dans le fond, je crois que nous sommes tous des échantillons difficiles à classer. Il y a autant de formes de différence que de personnes différentes. Il est certes intéressant de savoir que l'on est « HPI », mais seulement pour avoir des informations sur son propre fonctionnement, être à même de mieux se comprendre et de pouvoir mieux vivre avec soi et avec les autres. Si c'est pour se dire que l'on est plus intelligent que les autres, quel enfer !

Je ne me considère pas forcément comme un porte-parole en tant qu'écrivain, mais je ne peux pas mentir sur ce que je sais. « La littérature ne sert pas à mieux voir, elle sert seulement à mieux mesurer l'épaisseur de l'ombre », nous dit Faulkner. Si mes mots révèlent la nuit dans laquelle se trouvent peut-être certaines personnes, en particulier des jeunes, j'en serais heureux. Car c'est un autre grand combat en filigrane du livre, celui d'aller vers la reconnaissance et la protection des enfants neuroatypiques, notamment à l'école, où ils rencontrent beaucoup de difficultés. Malgré des capacités cognitives élevées, voire très supérieures à la moyenne, leur scolarité et plus largement leur parcours de vie s'avèrent souvent chaotiques et douloureux. L'ayant vécu de près, j'ai essayé d'éclairer la tendance qu'a notre société à nier les spécificités des enfants différents et à leur enjoindre de se plier à tout prix à une norme qui les détruit, les déforme et les déstructure.

Qu'est-ce qui prouve qu'on est *inadapté*, et que ce n'est pas plutôt ce qui nous entoure qui l'est ? Je milite pour que l'on arrête de pathologiser la différence. Cela reporte la faute sur les enfants et les parents qui sont concernés. Ceux qui sont « anormaux », à mes yeux, ce sont ceux qui les rejettent. Quelles que soient nos différences, il y a une force et une beauté dans ce que nous sommes, dans nos singularités.

L'école est en première ligne, car elle est le reflet, le laboratoire et l'antichambre de la société. Cette dernière doit évoluer pour faire bouger l'école. Pour l'instant, elle est ainsi faite qu'elle contraint les individus à s'adapter au lieu de s'adapter à eux. Le grand philosophe et linguiste Roland Barthes disait que « le fascisme, ce n'est pas empêcher de dire mais obliger à dire ». Cette pensée me semble traduire ce que j'ai pu vivre durant mes années collège, et même plus tard, au cours de ma vie d'adulte… La violence se loge là où elle oriente et définit les comportements, sans doute davantage que là où elle les empêche. Je t'oblige à être comme ceci, sinon je te détruis, je t'exclus. Aujourd'hui, je dirais que ma revendication, si je n'en ai qu'une, c'est que ma différence soit prise en compte et que je ne sois pas contraint de m'adapter au modèle dominant. Je rêve de ne plus me sentir coupable en permanence de ne pas « y arriver » comme il faudrait.

J'aimerais aussi à ce titre mettre en garde contre l'instrumentalisation des réussites et de l'accomplissement des personnes neuroatypiques, notamment des personnes HPI, hypersensibles ou autistes Asperger, qui seraient capables de tous les exploits… Cela m'est arrivé à certains moments au cours des dernières années. On met en lumière la réussite de certains individus pour masquer une situation d'inégalité sociale, d'injustice ou des discriminations vis-à-vis de tous les autres dans le reste de la société. Bien sûr, certains s'en sortent très bien. Ces exceptions existent, néanmoins elles ne suffisent pas à produire du changement. On se sert pourtant de ces cas relativement limités pour se rassurer sur l'état de la société en disant que tout va bien. De ce fait, les exceptions éclipsent les autres et servent, en quelque sorte, d'alibi pour dénoncer leur manque de courage et de détermination, leur paresse, leur manque de volonté : les voilà tenus pour uniques responsables de leurs difficultés.

Cette vision me semble biaisée. Le vrai problème est de savoir ce qu'on fait de ceux qui sont restés en bas de l'échelle, qui connaissent des difficultés terribles. Ceux-là, celles-là, on ne peut pas leur dire : « La différence est une force, vous devriez être tout en haut ! » La différence n'est pas une aventure individuelle, c'est une affaire de société. Il n'y a pas de *self-made-man*, même avec les plus grandes capacités du monde. On « se fait » toujours avec le concours des autres – avec ou malgré eux.

Après la sortie d'*Einstein, le sexe et moi*, dans lequel j'évoque ce à quoi j'ai été confronté, j'ai reçu beaucoup de messages de lecteurs qui n'ont pas de neuroatypie. J'ai compris alors à quel point l'expérience de l'exclusion est universelle. Il faudrait que l'on intègre que notre monde est comme un écosystème : une forêt dans laquelle on a besoin de biodiversité, de tous les arbres et végétaux, pas seulement de ceux qui sont (*en apparence*) les plus costauds, les plus utiles, les dominants, les plus présents. « Le combat spirituel est aussi brutal que la bataille d'hommes », écrivait mon cher Arthur Rimbaud.

Chaque jour apporte son lot d'épreuves intérieures, mais j'ai aujourd'hui davantage de ressources pour les affronter.

Ce qui dérange, au fond, avec la différence ? Elle se manifeste au centre même d'une personne humaine, au milieu d'une société grégaire, comme un besoin de demeurer seul, avec son amour, avec sa joie. Envie de rire seul, de ne pas retourner à la vue des hommes. De se dérober à la vue de tous, afin de n'être plus connu d'aucun d'eux. Désir ultime de résister à la société, à la norme, à une époque où elle est toute-puissante.

Mon expérience de la différence m'a enseigné que nous ne nous sauverons pas seuls, que le fil de notre destin court sur une trame où beaucoup d'autres fils s'entrecroisent avec le nôtre. Certains êtres sont des géantes, des géants fragiles, qui ont à la fois une dimension de puissance et de douceur, et qui sont peut-être trop humains pour notre époque inhumaine. Ces grands arbres humains, nous en avons besoin plus que jamais besoin pour affronter les défis de l'avenir.

Une amorce de solution, c'est la douceur, l'attention, la tendresse, le soin porté à nous-mêmes, pour accepter notre fragilité, nos limites, nos blessures. Lors d'une signature en librairie, je me souviens d'un parent dont le petit enfant, âgé de six ans, entendait le sublime morceau de la *Campanella* de Liszt dans sa tête. Il connaissait ce morceau par cœur. Nous avons tous une petite musique… Moi, c'est celle des *Marionnettes*, de Zbigniew Preisner, qui vient du film *La Double Vie de Véronique*. Je nous invite à garder précieusement, à chérir amoureusement dans notre cœur notre petite musique.

Il y a quelques années encore, je pleurais comme une madeleine quand je devais évoquer mon passé. Beaucoup de rencontres et de douceur m'ont aidé à me réconcilier avec moi-même et à cicatriser. Je sais aujourd'hui que j'ai comme une petite « balance commerciale » psychologique : je sais et je mesure ce que je peux donner, ce que j'ai le droit aussi de recevoir. Je suis une personne différente, mais je me relie aux autres aujourd'hui par mille fils de tendresse et d'espoir.

Et je suis surtout bien plus que ma différence. Comme le dit encore Camus, dans son discours de réception du prix Nobel en 1957 : « L'artiste se forge dans cet aller-retour perpétuel de lui aux autres, à mi-chemin de la beauté dont il ne peut se passer et de la communauté à laquelle il ne peut s'arracher. » Nous sommes solitaires, et solidaires.

Parmi ce long chemin vers l'acceptation de soi, ma petite musique m'a toujours accompagné…

Et vous, quelle est votre petite musique ?

Sardina pilchardus

Une dernière question.
Donnez-moi cet animal…

J'ai un opercule strié,
des taches sombres sur le dos et de manière moindre
sur les flancs,
une carène ventrale peu aigüe,
des écailles sessiles,
les deux derniers rayons de l'arête anale plus longs…
Je suis, je suis…
Oui, je suis une sardine !

Avec mes couleurs brillantes et mes nombreuses vertus, je suis présente en masse dans la Méditerranée et très appréciée en Provence. Autrefois appelée « le pain de la mer », je suis un poisson populaire qui se déguste dans la convivialité. Je ne dépasse pas les vingt centimètres et je suis pourtant une star, reine parée d'une robe aux reflets argentés, digne de celle couleur de lune de Peau d'Âne. On m'appelle aussi, dans certaines régions, célan, pilchard ou sardinyola. Je tire mon nom de la Sardaigne car les Grecs avaient remarqué que j'étais très présente dans les eaux côtières de l'île. La meilleure saison pour être sûr de me trouver bien ferme et bien grasse s'étend de mai à novembre.

Je suis souvent évocatrice de l'été, des barbecues entre amis et de la bonne odeur que je dégage sur le gril. Vous me consommez grillée, frite, en escabèche, en beignet, à la sauce tomate, en bourride ou encore avec des épinards. Sans oublier les incontournables boîtes de sardines à l'huile – vous adorez me mettre en boîte !

Je peux aussi servir d'appât de pêche pour attraper, entre autres, les poulpes. J'ai longtemps été abondante et bon marché, j'étais la nourriture de base des milieux populaires et j'ai nourri une grande partie de ces gens au XVIIIe siècle.

La sardine évolue au large, entre dix et cinquante mètres sous la surface, au sein de bancs parfois très compacts. Pourquoi en bancs ? Parce que ces rassemblements de masse leur offrent une protection : formé de plusieurs milliers de poissons, le banc rend l'identification d'un seul individu par les prédateurs quasi impossible, et simule une créature intimidante pour les chasseurs de taille moyenne.

Ainsi la survie des sardines dépend du fait qu'elles restent toujours à peu près groupées, qu'elles nagent ensemble. Si une des sardines va trop vite, si elle s'éloigne ou prend la tête, elle devient vulnérable, isolée. Les êtres humains ne sont pas bien différents des sardines. Nous sommes fragilisés quand nous ne sommes pas dans le même *tempo* que les autres, et devenons objet de stigmatisation et d'exclusion. Pourtant, à en croire le philosophe Michel Serres, nous devons aussi oser *ne pas appartenir au banc*, inventant ainsi notre relation singulière au monde. La stratégie de la sardine est dans ce pas de côté vers la liberté. Dans la capacité d'oser poser cette question, d'oser faire cet écart… et naviguer de l'individu au groupe, du confort de soi-même au frisson de l'inconnu, pour vivre en accord avec sa sensibilité, que l'on soit « différent » ou pas, avec une prise de risques qui correspond à sa personnalité. S'éloigner du banc et de son « champ magnétique social » ? La sardine y met en péril sa survie en tant qu'espèce ; l'humain y met en jeu sa liberté – survie intime, personnelle, intellectuelle, spirituelle et plus encore.

Le courage d'être soi

On me voit comme un champion, mais je suis terriblement fragile. Être HPI ne m'a pas appris la loi du plus fort. Je ne me sens pas comme un individu hors normes, barricadé dans ma tour d'ivoire. Je n'ai jamais voulu faire partie d'un club fermé de surdoués.

Être différent m'a en revanche appris la beauté de l'altérité.

Mon intime communion avec tous les exclus, les plus faibles, les fous, les marginaux, les fêlés. Celles et ceux qui ne rentrent dans aucune case et qui errent, mis au ban, incompris et souvent malheureux, pleins de colère et de tristesse.

Celles-là, ceux-là, à qui je ressemble comme un frère, comme une sœur, je voudrais les serrer dans mes bras. Leur dire qu'elles et ils sont belles et beaux, intéressant·es, courageux·ses et recèlent des trésors de sensibilité, de gentillesse et d'humanité. Je sais très bien que parfois la peur prend toute la place, mais il y a beaucoup plus de force et d'amour en nous que nous ne pouvons le croire. Il faut être le plus doux, le plus aimant possible avec vous-même et avec les autres. Votre personnalité est un poème magnifique. Même si les plus beaux poèmes sont lus parfois… par des imbéciles. Alors, n'ayez pas peur de la laisser s'exprimer, avec tout ce qu'elle contient de merveilleux. Votre intelligence, votre curiosité intellectuelle, mais aussi votre extrême sensibilité. Votre part d'humour, de tendresse. D'amour et de capacité à veiller sur les autres. De révolte. De générosité. De bienveillance. D'excentricité. Vous ne rayonnez jamais aussi fort que lorsque vous êtes entièrement vous.

Ces qualités peuvent aller de pair avec une immense fragilité, un extrême désarroi parfois, un sentiment de vulnérabilité. Mais celui-ci recèle un trésor d'humanité et de sensibilité infiniment précieux, qui nous ouvre un autre regard sur le monde.

Comprendre et accepter la puissance de la vulnérabilité m'a mené à m'inventer et me sculpter moi-même, autrement, librement – différemment.

Cela m'a appris la liberté du corps et de la danse, pour devenir ce que j'ai toujours rêvé d'être depuis l'enfance, dans la cour de récréation : un grand cygne rose, un drôle d'oiseau qui prend son envol.

Cela m'a appris à être à l'unisson avec la nature et relié à l'univers, aux animaux et aux plantes, aux rivières et aux mousses, aux étoiles et aux déserts.

Cela m'a appris à m'exprimer librement, sans rechercher à plaire à tout le monde. À exprimer un regard singulier et sincère, sans céder à l'autocensure.

M'accepter moi-même m'a appris à m'écarter du banc, quand j'en ressens le besoin.

J'ai appris à nager à ma manière, parfois avec les autres poissons… et parfois un peu à côté du groupe.

Et puisque nous sommes tous des sardines, arrêtons de nous laisser enfermer dans une boîte !

Ne soyons pas convenables, ne soyons pas comme il faut : soyons courageux.

Osons et acceptons d'être qui nous sommes, entre joie et révolte, larmes et rires – soyons vivants.

Épilogue

Le plus grand voyageur n'est pas celui qui a fait dix fois le tour du monde, écrivait Gandhi, mais celui qui a fait une seule fois le tour de lui-même. J'ai expérimenté librement dans ma vie, et j'ai encore tout à apprendre. J'ai présenté des traductions du poète Édouard Glissant à Cuba devant Fidel Castro. J'ai gagné trois fois au jeu *Questions pour un champion* et cinq fois au jeu *Questions pour un super champion*. J'ai fugué en Allemagne sans papiers d'identité dans un bus de supporters de l'AS Monaco. Entre dix et dix-sept ans, j'ai essayé toutes les drogues possibles. J'ai déchiffré la sonate *La Tempête* de Beethoven. J'ai joué un one-man-show dans un club Village vacances famille de Normandie. J'ai dormi dans un champ de mines en Serbie. Je suis tombé amoureux de filles, de garçons, de paysages, de lieux et de pizzas. J'ai gagné à la bataille corse, au pendu, au Uno et au pouilleux. J'ai perdu à la bataille corse, au pendu, au Uno et au pouilleux. J'ai rencontré Dieu dans une bouteille d'Ice Tea un jour d'été à Budapest. J'ai escaladé de nuit les grilles de Jussieu pour occuper la tour et protester contre le CPE. J'ai manifesté à quinze ans contre le Front national en chantant « première, deuxième, troisième génération, on est tous des enfants d'immigrés ». Je suis monté sur le toit de l'église Saint-Sulpice en pleine nuit en escaladant les échafaudages. J'ai fait un stage de danse contemporaine à Berlin et de danse japonaise à Paris. Je me suis baigné dans le lagon de Bora-Bora. Je suis allé à New York, en Turquie et en Lozère, cette troisième destination me semblant de loin la plus exotique. J'ai joué au festival d'Avignon. J'ai posé en slip pour des agences de mannequinat. J'ai vécu à Lyon, à Madrid et à Noisy-le-Sec. J'ai travaillé pour l'opéra de Paris. J'ai terminé cinquième du cross du collège et j'ai presque rattrapé Cédric. J'ai avalé cinq Petit-Beurre en moins d'une minute. J'ai fumé ma première cigarette en crapotant. J'ai failli mourir dans un incendie de montagne. J'ai fait quelques jobs d'été, dont jongleur dans une buvette. J'ai subi trois opérations chirurgicales importantes qui ont nécessité une anesthésie générale. J'ai attrapé la dengue. J'ai vu le Groenland depuis le ciel. J'ai écrit des poèmes dans mes cahiers d'écolier et des romans publiés par des maisons d'édition, je n'ai pas changé ma manière d'écrire. Je crois que la plus belle chose dans la vie est d'expérimenter – c'est-à-dire d'être libre.

Remerciements

Je remercie Sophie Rouanet et Zoé Guillermin, mes incroyables éditrices, pour leur générosité et leur exigence de chaque instant.

Merci à Sophie Charnavel, Gabriel Zafrani et à toute l'équipe des éditions Robert Laffont pour leur confiance.

Merci à mes parents, à mon grand frère, et ma chienne Tina, avec qui j'ai commencé cette grande aventure de la vie.

Merci à ma grand-mère Josefa pour ses lasagnes et ses bougies.

Merci à Tamara, être de lumière, qui m'a donné la force de croire en moi quand je n'avais pas de toit.

Merci à Laure, Clément, Leslie, Flora, et tous les autres, pour votre présence de chaque instant, votre amitié et vos relectures précieuses. Vous êtes ma tribu d'amour et de tendresse.

Merci à toutes les personnes, neuroatypiques ou non, géniales, sensibles, profondément humaines, avec qui j'ai échangé autour des thèmes de ce livre. J'ai beaucoup plus appris de vous que le contraire, c'est certain !

Merci à tous les jeunes formidables que j'ai rencontrés en intervenant dans des classes au cours des cinq dernières années, et à leurs enseignants. C'est aussi pour eux que j'ai écrit ce témoignage.

Je tiens enfin à exprimer ma gratitude à tous les lecteurs, blogueurs, journalistes, libraires, bibliothécaires et amis auteurs qui ont si chaudement accueilli mes trois premiers livres. Je suis très touché par l'amour et le soutien que je reçois chaque jour.

Table des matières

Ce livre existe grâce au travail de toute une équipe.

Communication : Caroline Babulle, Solveig de Plunkett, Sabrina Bendali, Inès Paulin, Adélaïde Yvert.

Coordination administrative : Martine Rivierre.

Studio : Pascaline Bressan, Barbara Cassouto-Lhenry, Joël Renaudat.

Fabrication : Muriel Le Ménez, Céline Ducournau, Bernadette Cristini, Sophia Paroussoglou, Isabelle Goulhot.

Commercial, relation libraires et marketing : Catherine Lauprêtre, Ombeline Ermeneux, Élise Iwasinta, Arthur Rossi, Joséphine Saint-Paul, Aurélie Scart.

Cessions de droits : Elisabeth Stempak, Benita Edzard, Lucile Besse, Sonia Guerreiro, Costanza Corri.

Gestion : Sophie Veisseyre, Chloé Hocquet, Isabelle Déxès, Pierre Ekel.

Services auteurs : Viviane Ouadenni, Jean-François Rechtman, Catherine Reimbold, Anita Sevenant.

Ressources humaines : Mylène Bourreau, Carine Duchampt.

Juridique : Laëtitia Doré, Anaïs Rebouh, Valérie Robe, Lucie Bergeras, Julia Crosnier.

Avec le soutien des équipes d'Interforum et d'Editis qui participent à la création, la diffusion et la distribution de ce livre.

Canoros Vehit Canentes

Composition et mise en pages
Nord Compo à Villeneuve-d'Ascq

#lisez! engagé
www.lisez.com
Pour plus d'information :
Imprimé sur du papier issu de forêts gérées durablement.

Cet ouvrage a été achevé d'imprimer en octobre 2023
dans les presses de Normandie Roto Impression s.a.s.
61250 Lonrai
N° d'édition : 65247/01 - N° d'impression : 2300877

Imprimé en France